叶圣陶散文精选

阅读，与最好的自己相遇

叶圣陶
Ye Shengtao
著

为青少年读者
量身打造的经典读本

长江出版传媒 | 崇文书局

图书在版编目(CIP)数据

叶圣陶散文精选:青少版 / 叶圣陶著.
— 武汉:崇文书局,2021.4(2025.1重印)
ISBN 978-7-5403-5047-5

Ⅰ. ①叶…
Ⅱ. ①叶…
Ⅲ. ①散文集—中国—现代
Ⅳ. ①I266

中国版本图书馆 CIP 数据核字 (2021) 第 031595 号

叶圣陶散文精选:青少版
Ye Shengtao Sanwen Jingxuan:Qingshaoban

责任编辑	高 娟 李利霞
出版发行	长江出版传媒 崇文书局
地 址	武汉市雄楚大街 268 号 C 座 11 层
电 话	(027)87677133 邮政编码 430070
印 刷	中印南方印刷有限公司
开 本	640mm×900mm 1/16
印 张	14
字 数	138 千字
版 次	2021 年 4 月第 1 版
印 次	2025 年 1 月第 3 次印刷
定 价	32.80 元

(如发现印装质量问题,影响阅读,由本社负责调换)

本作品之出版权(含电子版权)、发行权、改编权、翻译权等著作权以及本作品装帧设计的著作权均受我国著作权法及有关国际版权公约保护。任何非经我社许可的仿制、改编、转载、印刷、销售、传播之行为,我社将追究其法律责任。

/叶圣陶散文精选/

目录

世间有味

没有秋虫的地方	2
藕与莼菜	4
客语	7
卖白果	13
暮	16
牵牛花	20
看月	22
掮枪的生活	24
一个少年的笔记	28
骑马	33
说书	38
昆曲	42
天井里的种植	46
过节	51
牛	53

	在西安看的戏	56
	景泰蓝的制作	64

故人旧事	朱佩弦先生	72
	子恺的画	78
	两法师	82
	夏丏尊先生逝世	90
	回忆瞿秋白先生	94
	邻舍吴老先生	96
	好友宾若君	100
	我钦新凤霞	109
	我们的骄傲	112

旅行抒怀	记游洞庭西山	120

	假山	125
	游了三个湖	130
	记金华的两个岩洞	137
	从西安到兰州	142
	游临潼	150
	坐羊皮筏到雁滩	160
	林区二日记	167
过去随谈	谈成都的树木	176
	做了父亲	179
	薪工	184
	过去随谈	186
	我坐了木船	194
	我和儿童文学	197
	生命和小皮箱	202

"瓶子观点"	204
苍蝇	207
诚实的自己的话	213

/ 叶圣陶散文精选 /

世间有味

从江岸直到我的楼下是一大片沙坪,
月光照着,茫然一白,
但带点儿青的意味。
不知什么地方送来晚香玉的香气。
也许是月亮的香气吧,我这么想。

没有秋虫的地方

阶前看不见一茎绿草，窗外望不见一只蝴蝶，谁说是鹁鸽箱里的生活，鹁鸽未必这样枯燥无味呢。

秋天来了，记忆就轻轻提示道："凄凄切切的秋虫又要响起来了。"可是一点影响也没有，邻舍儿啼人闹弦歌杂作的深夜，街上轮震石响邪许并起的清晨，无论你靠着枕头听，凭着窗沿听，甚至贴着墙角听，总听不到一丝秋虫的声息。并不是被那些欢乐的劳困的宏大的清亮的声音淹没了，以致听不出来，乃是这里根本没有秋虫。啊，不容留秋虫的地方！秋虫所不屑居留的地方！

若是在鄙野的乡间，这时候满耳朵是虫声了。白天与夜间一样地安闲；一切人物或动或静，都有自得之趣；嫩暖的阳光和轻淡的云影覆盖在场上，到夜呢，明耀的星月和轻微的凉风看守着整夜，在这境界这时间里唯一足以感动心情的就是秋虫的合奏。它们高低宏细疾徐作歌，仿佛经过乐师的精心训练，所以这样地无可批评，踌躇满志。其实它们每一个都是神妙的乐师；众妙毕集，各抒灵趣，哪有不成人间绝响的呢。

虽然这些虫声会引起劳人的感叹,秋士的伤怀,独客的微喟,思妇的低泣;但是这正是无上的美的境界,绝好的自然诗篇,不独是旁人最喜欢吟味的,就是当境者也感受一种酸酸的麻麻的味道,这种味道在另一方面是非常隽永的。

大概我们所祈求的不在于某种味道,只要时时有点儿味道尝尝,就自诩为生活不空虚了。假若这味道是甜美的,我们固然含着笑来体味它;若是酸苦的,我们也要皱着眉头来辨尝它:这总比淡漠无味胜过百倍。我们以为最难堪而亟欲逃避的,唯有这个淡漠无味!

所以心如槁木不如工愁多感,迷蒙的醒不如热烈的梦,一口苦水胜于一盏白汤,一场痛哭胜于哀乐两忘。这里并不是说愉快乐观是要不得的,清健的醒是不必求的,甜汤是罪恶的,狂笑是魔道的;这里只是说有味远胜于淡漠罢了。

所以虫声终于是足系恋念的东西。何况劳人秋士独客思妇以外还有无量数的人。他们当然也是酷嗜趣味的,当这凉意微逗的时候,谁能不忆起那美妙的秋之音乐?

可是没有,绝对没有!井底似的庭院,铅色的水门汀地,秋虫早已避去唯恐不速了。而我们没有它们的翅膀与大腿,不能飞又不能跳,还是死守在这里。想到"井底"与"铅色",觉得象征的意味丰富极了。

(原载1923年9月3日上海《时事新报·文学周刊》第86期)

藕与莼菜

同朋友喝酒，嚼着薄片的雪藕，忽然怀念起故乡来了。若在故乡，每当新秋的早晨，门前经过许多乡人：男的紫赤的胳膊和小腿肌肉突起，躯干高大且挺直，使人起健康的感觉；女的往往裹着白地青花的头巾，虽然赤脚，却穿短短的夏布裙，躯干固然不及男的那样高，但是别有一种健康的美的风致；他们各挑着一副担子，盛着鲜嫩的玉色的长节的藕。在产藕的池塘里，在城外曲曲弯弯的小河边，他们把这些藕一再洗濯，所以这样洁白。仿佛他们以为这是供人品味的珍品，这是清晨的画境里的重要题材，倘若涂满污泥，就把人家欣赏的浑凝之感打破了；这是一件罪过的事，他们不愿意担在身上，故而先把它们洗濯得这样洁白，才挑进城里来。他们要稍稍休息的时候，就把竹扁担横在地上，自己坐在上面，随便拣择担里过嫩的"藕枪"或是较老的"藕朴"，大口地嚼着解渴。过路的人就站住了，红衣衫的小姑娘拣一节，白头发的老公公买两支。清淡的甘美的滋味于是普遍于家家户户了。这种情形差不多是平常的日课，直到叶落秋深的时候。

在这里上海，藕这东西几乎是珍品了。大概也是从我们故乡运来的。但是数量不多，自有那些伺候豪华公子硕腹巨贾的帮闲茶房们把大部分抢去了；其余的就要供在较大的水果铺里，位置在金山苹果吕宋香芒之间，专待善价而沽。至于挑着担子在街上叫卖的，也并不是没有，但不是瘦得像乞丐的臂和腿，就是涩得像未熟的柿子，实在无从欣羡。因此，除了仅有的一回，我们今年竟不曾吃过藕。

这仅有的一回不是买来吃的，是邻舍送给我们吃的。他们也不是自己买的，是从故乡来的亲戚带来的。这藕离开它的家乡大约有好些时候了，所以不复呈玉样的颜色，却满被着许多锈斑。削去皮的时候，刀锋过处，很不爽利。切成片送进嘴里嚼着，有些儿甘味，但是没有那种鲜嫩的感觉，而且似乎含了满口的渣，第二片就不想吃了。只有孩子很高兴，他把这许多片嚼完，居然有半点钟工夫不再作别的要求。

想起了藕就联想到莼菜。在故乡的春天，几乎天天吃莼菜。莼菜本身没有味道，味道全在于好的汤。但是嫩绿的颜色与丰富的诗意，无味之味真足令人心醉。在每条街旁的小河里，石埠头总歇着一两条没篷的船，满舱盛着莼菜，是从太湖里捞来的。取得这样方便，当然能日餐一碗了。

而在这里上海又不然，非上馆子就难以吃到这东西。我们当然不上馆子，偶然有一两回去叨扰朋友的酒席，恰又不是莼菜上市的时候，所以今年竟不曾吃过。直到最近，伯祥的杭州亲戚来了，送他瓶装的西湖莼菜，他送给我一瓶，我才算也尝了新。

向来不恋故乡的我，想到这里，觉得故乡可爱极了。我自己也不明白，为什么会起这么深浓的情绪？再一思索，实在很浅显：因为在故乡有所恋，而所恋又只在故乡有，就萦系着不能割舍了。譬如亲密的家人在那里，知心的朋友在那里，怎得不恋恋？怎得不怀念？但是仅仅为了爱故乡么？不是的，不过在故乡的几个人把我们牵系着罢了。若无所牵系，更何所恋念？像我现在，偶然被藕与莼菜所牵系，所以就怀念起故乡来了。

所恋在哪里，那里就是我们的故乡了。

1923年9月7日作

（原载1923年9月10日上海《时事新报·文学周刊》第87期）

客语

　　侥幸万分的竟然是晴明的正午的离别。

　　"一切都安适了,上岸回去吧,快要到开行的时刻了。"似乎很勇敢地说了出来,其实呢,处此境地,就不得不说这样的话。但也不是全不出于本心。梨与香蕉已经买来给我了,话是没有什么可说了;夫役的扰攘,小舱的郁蒸,又不是什么足以赏心的;默默地挤在一起,徒然把无形的凄心的网织得更密罢了:何如早点儿就别了呢?

　　不可自解的是却要送到船栏边,而且不止于此,还要走下扶梯送到岸上。自己不是快要起程的旅客么?竟然充起主人来。主人送了客,回头踱进自己的屋子,看见自己的人。可是现在——现在的回头呢?

　　并不是懦怯,自然而然看着别的地方,答应"快写信来"那些嘱咐。于是被送的转身举步了。也不觉得什么,只仿佛心里突然一空似的(老实说,摹写不出了)。随后想起应该上船,便跨上扶梯;同时用十个指头梳满头散乱的头发。

倚着船栏，看岸上的人去得不远，而且正回身向这里招手。自己的右手不待命令，也就飞扬跋扈地舞动于头顶之上。忽地觉得这刹那间这个境界很美，颇堪体会。待再望岸上人，却已没有踪迹，大概拐了弯赶电车去了。

没有经验的想象往往是外行的，待到证实，不免自己好笑。起初以为一出吴淞口便是苍茫无际的海天，山头似的波浪打到船上来，散为裂帛与抛珠，所以只是靠着船栏等着。谁知出了口还是似尽又来的沙滩，还是一抹连绵的青山，水依然这么平，船依然这么稳。若说眼界，未必开阔了多少，却觉空虚了好些；若说趣味，也不过与乘内河小汽轮一样。于是失望地回到舱里，爬上上层自己的铺位，只好看书消遣。下层那位先生早已有时而猝发的鼾声了。

实在没有看多少页书，不知怎么也朦胧起来了。只有用这"朦胧"二字最确切，因为并不是睡着，汽机的声音和船身的微荡，我都能够觉知，但仅仅是觉知，再没有一点思想一毫情绪。这朦胧仿佛剧烈的醉，过了今夜，又是明朝，只是不醒，除了必要坐起来几回，如吃些饼干牛肉香蕉之类，也就任其自然——连续地朦胧着。

这不是摇篮里的生活么？婴儿时的经验固然无从回忆，但是这样只有觉知而没有思想没有情绪，该有点儿相像吧。自然，所谓离思也暂时给假了。

向来不曾亲近江山的，到此却觉得趣味丰富极了。书室的窗外，只隔一片草场，闲闲地流着闽江。彼岸的山绵延重叠，有时露出青翠的新妆，有时披上轻薄的雾帔，有时不知从什么地方来了好些云，却与山通起家来，于是更见得那些山郁郁然有奇观了。窗外这草场差不多是几十头羊与十条牛的领土。看守羊群的人似乎不主张放任主义的，他的部民才吃了一顿，立即用竹竿驱策着，叫它们回去。时时听得仿佛有几个人在那里割草的声音，便想到这十头牛特别自由，还是在场中游散。天天喝的就是它们的奶，又白又浓又香，真是无上的恩惠。

卧室的窗对着山麓，望去有裸露的黑石，有矮矮的松林，有泉水冲过的涧道。间或有一两个人在山顶上樵采，形体貌小极了，看他们在那里运动着，便约略听得微茫的干草瑟瑟的声响。这仿佛是古代的幽人的境界，在什么诗篇什么画幅里边遇见过的。暂时充当古代的幽人，当然有些新鲜的滋味。

月亮还在山的那边，仰望山谷，苍苍的，暗暗的，更见得深郁。一阵风起，总是锐利的一声呼啸一般，接着便是一派松涛。忽然忆起童年的情景来：那一回与同学们远足天平山，就在高义园借宿，稻草衬着褥子，横横竖竖地躺在地上。半夜里醒来了，一点儿光都没有，只听得洪流奔放似的声音，这声音差不多把一切包裹起来了；身体颇觉寒冷，因而把被头裹得更紧些。从此再也不想睡，直到天明，只是细辨那喧而弥静静而弥旨的滋味。三十年来，所谓山居就只有这么一回。而现在又听到这声音了，虽然没有那夜那么宏大，但是往后的风信正多，且将常常更甚地听到呢。只不知童年的那种欣赏的心情能够永永持续否……

　　这里有秋虫，有很多的秋虫，没有秋虫的地方究竟是该诅咒的例外。躺在床上听听，真是奇妙的合奏，有时很繁碎，有时很凝集，而总觉得恰合刚好，足以娱耳。中间有一种不知名的虫，它们的声音响亮而曼长，像是弦乐，而且引起人家一种想象，仿佛见到一位乐人在那里徐按慢抽地演奏。

　　松声与虫声渐渐地轻微又轻微，终于消失了……

　　仓前山差不多一座花园，一条路，一丛花，一所房屋，一个车夫，都有诗意。尤其可爱的是晚阳淡淡的时候，礼拜堂里送出一声钟响，绿荫下走过几个张着花纸伞的女郎。

　　跟着绍虞夫妇前山后山地走，认识了两相仿佛的荔枝树与龙眼树，也认识了长髯飘飘的生着气根的榕树，眺望了我们所住的那座山，又看了胭脂似的西边的暮云，于是坐在路旁的砖砌的矮栏上休息。渐渐地四围昏暗了，远处的山只像几笔极淡的墨痕染渍在灰色的纸上。乡间的女人匆匆地归去，走过我们身边，很自然地向我们看一看。那种浑朴的意态，那种奇异的装束（最足注目的是三支很长的银发钗，像三把小剑，两横一竖地把发髻拢住，我想，两个人并肩走时，横插的剑锋会划着旁人的头皮），都使我想到古代的人。同时又想，什么现代精神，什么种种的纠纷，都渺茫得像此刻的远山一样，仿佛沉在梦幻里了。

中秋夜没有月，这倒很好，我本来不希望看什么中秋月。与平常没有月亮的晚上一样，关在书室里，就美孚灯光下做了一点儿功课，就去睡了。

第二天的傍晚，满天是云，江面黯然。西风震动窗棂，"吉格"作响。突然觉得寂寥起来，似乎无论怎样都不好。但是又不能什么都不，总要在这样那样里占其一，这时候我占的是倚窗怅望。然而怅望又有什么意思呢？

绍虞似乎有点儿揣度得出，他走来邀我到江边去散步。水波被滩石所挡，激触有声。还有广遍而轻轻的风一般的音响平铺在江面上，潮水又退出去了。便随口念旧时的诗句："潮声应未改，客绪已频更。"七年以前，我送墨林去南通。出得城来，在江滨的客店里歇宿候船，却成了独客。荒凉的江滨晚景已够叫人怅怅，又况是离别开始的一晚，真觉得百无一可了。聊学雅人口占一诗，藉以排遣。现在这两句就是这一首诗里的。唉，又是潮声，又是客绪！

所谓客绪，正像冬天的浓云一般，风吹不散，只是越凝集越厚，散步的药又有什么用处。回到屋里，天差不多黑了，我们暂时不点火，就在昏暗中坐下。我说："介泉在北京常说，在暮色苍茫之际，炉火微明，默然小坐，别有滋味。"绍虞接应了一声就不响了。很奇怪，何以我和他的声音都特别寂寞，仿佛在一个广大的永寂的虚空中，仅仅荡漾着这一些声音，音波散了，便又回复它的永寂。

想来介泉所说的滋味，一定带着酸的。他说"别有"，诚然是"别有"，我能够体会他的意思了。

点灯以后，居然送来了切盼而难得的邮件，昨天有一艘轮船到这里了。看了第一封，又把心挤得紧一点。第二封是平伯的，他提起我前几天作的一篇杂记，说："……此等事终于无可奈何，不呻吟固不可，作呻吟又觉陷于怯弱。总之，无一而可，这是实话。……"

似乎觉得这确是怯弱，不要呻吟吧。

但是还要去想，呻吟为了什么？恋恋于故乡么？故乡之足以恋恋的，差不多只有藕与莼菜这些东西了，又何至于呻吟？恋恋于鹁鸽箱似的都市里的寓居么？既非鹁鸽，又何至于因为飞开了而呻吟？老实地说，简括地说，只因一种愿与最爱与同居的人同居的心情，忽然不得满足罢了。除了与最爱与同居的人同居，人间的趣味在哪里？因为不得满足而呻吟，正是至诚的话，有什么怯弱不怯弱？那么，又何必不要呻吟呢？

呻吟的心本来如已着了火的燃料，浓烟郁结，正待发焰。平伯的信恰如一根火柴，就近一引，于是炽盛地燃烧起来了……

1923年10月1日作

（原载1923年10月8日上海《时事新报·文学周刊》第91期）

卖白果

　　总弄里边不知不觉笼上昏黄的暮色，一列电灯亮起来了。三三两两的男子和妇女站在各弄的口头，似乎很正经的样子，不知在谈些什么。几个孩子，穿鞋没拔上跟，他们互相追赶，鞋底擦着水门汀地，作"替替"的音响。

　　这时候，一个挑担的慢慢地走进弄来，他向左右观看，顿一顿再向前走两三步。他探认主顾的习惯就是如此。主顾确是必须探认的，不然，挑着担子出来难道是闲耍么？走到第四弄的口头，他把担子歇下来了。我们试看看他的担子。后头有一个木桶，盖着盖子，看不见盛的是什么东西。前头却很有趣，装着个小小的炉子，同我们烹茶用的差不多，上面承着一只镬子；瓣状的火焰从镬子旁边舔出来，烧得不很旺。在这暮色已浓的弄口，便构成个异样的情景。

　　他开了镬子的盖子，用一爿蚌壳在镬子里拨动，同时不很协调地唱起来了："新鲜热白果，要买就来数。"发音很高，又含有急促的意味。这一唱影响可不小，左弄右弄里的小孩子陆续奔出来了，他们已经神往于镬子里的小颗粒，大人在后面喊着慢点儿跑的声音，对于他们只是微茫的喃喃了。

据平昔的经验，听到叫卖白果的声音时，新凉已经接替了酷暑；扇子虽不至于就此遭到捐弃，总不是十二分时髦的了；因此，这叫卖声里似乎带着一阵凉意。今年入秋转热，回家来什么也不做，还是气闷，还是出汗。正在默默相对，仿佛要叹息着说莫可奈何之际，忽然送来这么带着凉意的一声两声，引起我片刻的幻想的快感，我真要感谢了。

这声音又使我回想到故乡的卖白果的。做这营生的当然不只是一个，但叫卖的声调却大致相似，悠扬而轻清，恰配作新凉的象征；比较这里上海的卖白果的叫卖声有味得多了。他们的唱句差不多成为儿歌，我小时候曾经受教于大人，也摹仿着他们的声调唱：

烫手热白果，

香又香来糯又糯；

一个铜钱买三颗，

三个铜钱买十颗。

要买就来数，

不买就挑过。

这真是粗俗的通常话，可是在静寂的夜间的深巷中，这样不徐不

卖白果

疾,不刚劲也不太柔软地唱出来,简直可以使人息心静虑,沉入享受美感的境界。本来,除开文艺,单从声音方面讲,凡是工人所唱的一切的歌,小贩呼唤的一切叫卖声,以及戏台上红面孔白面孔青衫长胡子所唱的戏曲,中间都颇有足以移情的。我们不必辨认他们唱的是些什么话,含着什么意思,单就那调声的抑扬徐疾送渡转折等等去吟味;也不必如考据家内行家那样用心,推究某种俚歌源于什么,某种腔调是从前某老板的新声,特别可贵;只取足以悦我们的耳的,就多听它一会;这样,也就可以获得不少赏美的乐趣。如果歌唱的也就是极好的文艺,那当然更好,原是不待说明的。

这里上海的卖白果的叫卖声所以不及我故乡的,声调不怎么好自然是主因,而里中欠静寂,没有给它衬托,也有关系。弄里的零零碎碎的杂声,弄外马路上的汽车声,工厂里的机器声,搅和在一起,就无所谓静寂了。即使是神妙的音乐家,在这境界中演奏他生平的绝艺,也要打个很大的折扣,何况是不足道的卖白果的叫卖声呢。

但是它能引起我片刻的幻想的快感,总是可以感谢而且值得称道的。

1924年8月22日作

(原载1924年8月25日上海《时事新报·文学周刊》第136期)

暮

　　西窗的斜阳才欲退隐，所有的色彩似乎暗淡了一点。主人翁觉得不耐了，"来，把灯开了！"拍的一旋，成串挂着的电灯如同闭了眼好久骤然张开似地一耀，什么都仿佛涂上了一层油彩。谁说这不是快适的享用，文明生活这个题目中的应有之义呢？

　　那工场中的地下室，围困在几百间房间里的单人客舍，百货商店的柜台橱架之间，以及沉没在烟里雾里的什么什么铺子和人家，电灯成日成夜地亮着，简直把大地运转的痕迹抹掉了。这是个实际问题，暗了必得它亮；否则为着生存，为着生存（写到第二个"为着"，以为总该换一个别的，却觉得只有"为着生存"最妥当，所以又写了一个；就此为止，不再写第三个了）的种种活动不就停顿了么？

　　我不反对有快适的享用的文明生活，实际问题尤其无可反对。但是我不禁为处于这等境界中的人惋惜，他们有的是优游的，有的是劳顿的，却同样地失去了一种足以吟味的美妙的诗境了。有如对于音乐一般，某甲则心领而神会，某乙却无异对琴之牛：感受与不感受固截然有别,即使感受,又大有程度之差;然而没有音乐送到耳边,始终不给你接触的机会,这无论在某甲某乙,都该是一个缺憾吧。

这种美妙的诗境就是"暮"。

所谓暮者,乃指太阳已没到地平线之下,而黑暗的幕还没有拉拢来,一切景物承着太阳的残余的弱光这期间。这自然不是"斜阳暮"了。在这时候,我们可以玩味那暮的特有的颜色。充满空际的是淡淡的青。若比晴朗的长天,没有那么明;若比清澄的湖水,没有那么活:这是微暗的,轻凝的,朦胧的,有如卷烟徐徐袅起的烟缕,又叫人想起堆在枕旁的美人的蓬松的长发。这青色蒙上屋檐、窗棂、庭树、盆花,以及平田、长河、密林、乱山等等,任是不协调的也给调和了,消融了各具的轮廓和色彩,在神秘的苍茫中凝合为一气。

自然,我们也给这青色蒙住了,若从超人间的什么眼看来,我们就在这一气之中,正如一滴水之于大海。但是我们有我们的我执,便觉这淡淡的青有一种压迫的力量,轻轻的,十二分轻轻的,然而总会叫我们感觉着。这力量似乎离头顶一尺的光景,——不,似乎触着了头顶,——不,压到眉梢了,——也不,竟然四肢百体都压到了。虽然是压迫,不但轻,而且软,仿佛靠着木棉花的枕头,裹着野鸭绒的被褥。被压得透不转气来自是没有的事,而使神经略微受点激刺,同喝这么一盏半盏酒似的,不是醉于美德,不是醉于欢爱,不是醉于旁的一切,而醉于暝色之中了。

"暝色入高楼,有人楼上愁。"这醉的滋味就是愁。是怎样的愁呢？这愁不同于夕阳将下淡黄的光懒懒地映在屋半腰树半梢那时候所感觉的。那时候感到一种衰零的情味，莫名地惋惜，莫名地惆怅，扼要称说，当然逃不了一个"愁"字。而在暝色之中，依恋是沉下去了，更无所谓惋惜，驰骛是停止住了，更无所谓惆怅。只有一种微茫的空虚之感，细细碎碎的又似乎无边无外的，在刺着我们的身体，渗入我们的心。这也是愁呀，但不涉困穷，非关离别，侵掠到劳人思妇以外，所以更是原始的，潜在的。在含着上两句的那首词的下半阕有一句道："何处是归程？"是何处？是何处？实在无所归呵！于是那词人发愁了。

我们想象那"日暮倚修竹"的佳人，她那时候一定不在想身世的遭际和恋爱的问题，等而下之如关于服装饰物那些事情。暝色笼住了她，修竹发出瑟瑟的低音，那种微茫的空虚之感渗入她的任何部分：无所归呵！无所归呵！她只有默默地倚在那里了。

又试念李后主的句子："独自暮凭阑，无限江山。"江山无限，在苍茫的暝色之中更能体会。但是，归向何处呢？江之东，江之西呢？山之南，山之北呢？全都不是归路，只有一句"无所归呵"的回答！这是李后主当时的愁绪。至于国亡家破之感，他当然是有的，但这时候归于浑忘了。他卸去了彩色斑斓的愁的衣服，看见了赤裸的潜在的原始的愁了。

犹之潸然滴泪的时候，心酸是微微地脉脉地，乍一念起，觉得这是个微妙的境界，其中有说不出的美。暝色之中的愁思正有同样的情形，所以我说它足以吟味。

如其不是独处在那里，旁边伴着的有爱人或至友，想来也只有默默相对吧。在这样的境界之中，有什么可说呢？有什么可说呢？

1925年4月18日作

（原载《我们的六月》，上海亚东图书馆1925年6月出版）

牵牛花

手种牵牛花，接连有三四年了。水门汀地没法下种，种在十来个瓦盆里。泥是今年又明年反复用着的，无从取得新的泥来加入。曾与铁路轨道旁种地的那个北方人商量，愿出钱向他买一点儿，他不肯。

从城隍庙的花店里买了一包过磷酸骨粉，搀和在每一盆泥里，这算代替了新泥。

瓦盆排列在墙脚，从墙头垂下十条麻线，每两条距离七八寸，让牵牛的藤蔓缠绕上去。这是今年的新计划，往年是把瓦盆摆在三尺光景高的木架子上的。这样，藤蔓很容易爬到了墙头；随后长出来的互相纠缠着，因自身的重量倒垂下来，但末梢的嫩条便又蛇头一般仰起，向上伸，与别组的嫩条纠缠，待不胜重量时重演那老把戏；因此墙头往往堆积着繁密的叶和花，与墙腰的部分不相称。今年从墙脚爬起，沿墙多了三尺光景的路程，或者会好一点儿；而且，这就将有一垛完全是叶和花的墙。

藤蔓从两瓣子叶中间引伸出来以后，不到一个月功夫，爬得最快的几株将要齐墙头了。每一个叶柄处生一个花蕾，像谷粒那么大，便转黄萎去。据几年来的经验，知道起头的一批花蕾是开不出来的；到后来发育更见旺盛，新的叶蔓比近根部的肥大，那时的花蕾才开得成。

今年的叶格外绿，绿得鲜明；又格外厚，仿佛丝绒剪成的。这自然是过磷酸骨粉的功效。他日花开，可以推知将比往年的盛大。

但兴趣并不专在看花，种了这小东西，庭中就成为系人心情的所在，早上才起，工毕回来，不觉总要在那里小立一会儿。那藤蔓缠着麻线卷上去，嫩绿的头看似静止的，并不动弹；实际却无时不回旋向上，在先朝这边，停一歇再看，它便朝那边了。前一晚只是绿豆般大一粒嫩头，早起看时，便已透出二三寸长的新条，缀一两张长满细白绒毛的小叶子，叶柄处是仅能辨认形状的小花蕾，而末梢又有了绿豆般大一粒嫩头。有时认着墙上的斑剥痕想，明天未必便爬到那里吧；但出乎意外，明晨竟爬到了斑剥痕之上；好努力的一夜功夫！"生之力"不可得见；在这样小立静观的当儿，却默契了"生之力"了。渐渐地，浑忘意想，复何言说，只呆对着这--墙绿叶。

即使没有花，兴趣未尝短少；何况他日花开，将比往年盛大呢。

（原载1931年9月20日《北斗》月刊创刊号）

看月

住在上海"弄堂房子"里的人对于月亮的圆缺隐现是不甚关心的。所谓"天井",不到一丈见方的面积。至少十六支光的电灯每间里总得挂一盏。环境限定,不容你有关心到月亮的便利。走到路上,还没"断黑"已经一连串地亮了街灯。有月亮吧,就像多了一盏灯。没有月亮吧,犹如一盏街灯损坏了,没有亮起来。谁留意这些呢?

去年夏天,我曾经说过不大听到蝉声,现在说起月亮,我又觉得许久不看见月亮了。只记得某夜夜半醒来,对窗的收音机已经沉寂,隔壁的"麻将"也歇了手,各家的电灯都已熄灭,一道象牙色的光从南窗透进来,把窗棂印在我的被袱上。我略微感到惊异,随即想到原来是月亮光。好奇地要看看月亮本身,我向窗外望。但是,一会儿月亮被云遮没了。

从北平来的人往往说在上海这地方怎么"呆"得住。一切都这样紧张。空气是这样龌龊。走出去很难得看见树木。诸如此类,他们可以举出一大堆。我想,月亮仿佛失掉了这一项,也该列入他们认为上海"呆"不住的理由吧。假若如此，我倒并不同意。在生活的诸般条件里列入必须看月亮一项，那是没有理由的。清旷的襟怀和高远的想象力未必定须由对月而养成。把仰望的双眼移到地面，同样可以收到修养上的效益，而且更见切实。可是我并非反对看月亮，只是说即使不看也没有什么关系罢了。

最好的月色我也曾看过。那时在福州的乡下，地当闽江一折的那个角上。某夜，靠着楼栏直望。闽江正在上潮，受着月光，成为水银的洪流。江岸诸山略微笼罩着雾气，好像不是平日看惯的那几座山了。月亮高高停在天空，非常舒泰的样子。从江岸直到我的楼下是一大片沙坪，月光照着，茫然一白，但带点儿青的意味。不知什么地方送来晚香玉的香气。也许是月亮的香气吧，我这么想。我心中不起一切杂念，大约历一刻钟之久，才回转身来。看见蛎粉墙上印着我的身影，我于是重又意识到了我。

那样的月色如果能得再看几回，自然是愉悦的事，虽然前面我说过"即使不看也没有什么关系"。

（原载1933年9月1日《中学生》第37号）

掮枪的生活

我当中学生的时代在清朝末年,那时候厉行军国民教育,所以我受过三年多的军事训练。现在回想起来,旁的也没有什么,只那掮枪的生活倒是颇有兴味的。

我们那时候掮的是后膛枪,上了刺刀,大概有七八斤重。腰间围着皮带。皮带上系着两个长方形的皮匣子,在左右肋骨的部位,那是预备装子弹的。后面的左侧又系着刺刀的壳子。这样装束起来,俨然是个军人了。

我们平时操小队教练、中队教练,又操散兵线,左右两旁的伙伴离得特别开,或者直立预备放,或者跪倒预备放,或者卧倒预备放。当卧倒预备放的时候,胸、腹、四肢密贴着草和泥土,有一种说不出来的快感。待教师喊出"举枪——放!"的口令的时候,右手的食指在发弹机上这么一扳,更是极度兴奋的举动。

有时候我们练习冲锋,斜执着上了刺刀的枪,一拥而前。不但如此,还要冲上五六丈高的土堆;土堆的斜坡很有点儿陡峭,我们不顾，只是脚不点地地往上冲。嘴里还要呐喊："啊！——啊！"宛然有千军万马的气势。谁第一个冲到土堆的顶上，就高举手里的枪，与教师手里的指挥刀一齐挥动，犹如占领了一座要塞。

有时候我们练习野外侦察，三个四个作一组，各走不同的道路，向田野或树林出发。如果是秋季的晴天，侦察就大有趣味。干草的甘味扑鼻而来；各种昆虫或前或后，飞飞歇歇，好像特地来与我们作伴；清水的池边，断栏的桥上，随处可以坐下来；阳光照在身上，不嫌其热，可是周身感到健康的快感。这当儿，我们差不多忘了教师讲的侦察时候应该注意些什么。我们高兴有这样的机会，从沉闷的教室里逃到空旷的原野里，作一回掮着枪的游散。

一年的乐事，秋季旅行为最。旅行的时候也用军法部勒。一队有队长，一小队有小队长。步伐听军号，归队和散队听军号，吃饭听军号，早起夜眠也听军号。我有几个同级的好友是吹号打鼓的好手，每逢旅行，他们总排在队伍的前头，显耀他们的本领。我从他们那里受到熏染，知道吹号打鼓与其他技艺一样，造诣也颇有深浅的差异；要沉着而又圆转，那才是真功夫。我略能鉴别吹奏的好坏，有几支军号的曲调至今还记得。

旅行不但掮枪束子弹带，还要向军营里借了粮食袋和水瓶来使用。粮食袋挂在左腰间，水瓶挂在右腰间，里头当然装满了内容物。这就颇有点儿累赘了，然而我们都欢喜这样的装束，恨不得在背上再加个背包。其时枪也擦得特别干净，枪管乌乌的，枪柄上不留一点儿污迹，枪管子里面是人家看不见的，可是我们也用心擦，直擦到用一只眼睛窥看的时候，来复线条条闪亮，耀着青光，才肯罢手。

旅行到了目的地，或者从轮船上起岸，或者从火车上下来，我们总是排成四行的队伍，开着正步，昂然前进。校旗由排头笔直地执着，军号军鼓奏着悠扬的调子；步伐匀齐，没有一点儿错乱。人家没有留心看校旗上的字，往往说"哪里来的军队"。听了这个话，我们的精神更见振作，身躯挺得更直，步子也跨得更大。有一年秋季旅行，达到目的地已经是晚上八点过后，天下着大雨，地上到处是水潭。我们依然开正步，保持着队伍的整齐形式。一步一步差不多都落在水潭里，皮鞋里完全灌满了水，衣服也湿透了，紧贴着皮肤。我们都以为这是有趣的佳遇，不感到难受。又有一年秋季，到南京去参观南洋劝业会。正走进会场的正门，忽然来一阵点儿很大的急雨。我们好像没有这回事，立停，成双行向左转，报数，搭枪架，然后散开，到各个馆里去参观。第二天《会场日报》刊登特别记载：某某中学到来参观，完全是军队的模样，遇到阵雨，队伍绝不散乱，学生个个精神百倍，如是云云。我们都珍重这一则新闻记事，认为是这一次旅行的荣誉。

旅行时候的住宿又是一件有味的事。往往借一处地方，在屋子里平铺着稻草，就把带去的被褥摊在上面。睡眠的号声幽幽地吹起来时，大家蚱蜢似地窜向自己的铺位，解带子，脱衣服，都觉得异样新鲜，似乎从来没有做过的。一会儿熄灯的号声响了，就在一团黑暗里静待入睡。各人知道与许多伙伴在一起，差不多同睡在一张巨大的床上，所以并不感到凄寂。第二天醒来当然特别早，只等起身号的第一个音吹出，大家就站了起来，急急忙忙把自己打扮成个军人了。

从前的掮枪生活，现在回想起来，颇带一些浪漫意味。这在当时主张军国民教育的人说来，自然是失败了。然而我们这批人的青年生活却因此得到了一些润泽。

（原载1934年10月1日《中学生》第48号）

一个少年的笔记

诗的材料

今天清早进公园,闻到一阵清香,就往荷花池边跑。荷花已经开了不少了。荷叶挨挨挤挤的,像一个个大圆盘,碧绿的面,淡绿的底。白荷花在这些大圆盘之间冒出来。有的才展开两三片花瓣儿。有的花瓣儿全都展开了,露出嫩黄色的小莲蓬。有的还是花骨朵儿,看起来饱胀得马上要破裂似的。

这么多的白荷花,有姿势完全相同的吗?没有,一朵有一朵的姿势。看看这一朵,很美,看看那一朵,也很美,都可以画写生画。我家隔壁张家挂着四条齐白石老先生的画,全是荷花,墨笔画的。我数过,四条总共画了十五朵,朵朵不一样,朵朵都好看,如果把眼前这一池的荷叶荷花看做一大幅活的画,那画家的本领比齐白石老先生更大了。那画家是谁呢……

我忽然觉得自己仿佛就是一朵荷花。一身雪白的衣裳,透着清香。阳光照着我，我解开衣裳，敞着胸膛，舒坦极了。一阵风吹来，我就迎风舞蹈，雪白的衣裳随风飘动。不光是我一朵，一池的荷花都在舞蹈呢，这不就像电影《天鹅湖》里许多天鹅齐舞蹈的场面吗？风过了，我停止舞蹈，静静地站在那儿。蜻蜓飞过来，告诉我清早飞行的快乐。小鱼在下边游过，告诉我昨夜做的好梦……

周行、李平他们在池对岸喊我，我才记起我是我，我不是荷花。

忽然觉得自己仿佛是另外一种东西，这种情形以前也有过。有一天早上，在学校里看牵牛花，朵朵都有饭碗大，那紫色鲜明极了，镶上一道白边儿，更显得好看。我看得出了神，觉得自己仿佛就是一朵牵牛花，朝着可爱的阳光，仰起圆圆的笑脸。还有一回，在公园里看金鱼，看得出了神，觉得自己仿佛就是一条金鱼。胸鳍像小扇子，轻轻地扇着，大尾巴比绸子还要柔软，慢慢地摆动。水里没有一点儿声音，静极了，静极了……

我觉得这种情形是诗的材料，可以拿来作诗。作诗，我要试试看——当然还要好好地想。

三棵老银杏

舅妈带表哥进城，要在我家住三天。今天早晨，我跟表哥聊天，谈起我想作诗，谈起我认为可以作诗的材料。我说："要是问我什么叫诗，我一点儿也说不上来。可是我要试作诗。作成以后，看它像诗不像诗。"

表哥高兴地说：“你也这么想，真是不约而同。这几天我也在想呢。诗不一定要诗人作，咱们学生也不妨试作。不懂得什么叫诗，没关系，作几回就懂得了。我已经动手作了，还没完成，只作了四行。要不要念给你听听？”

我说："我要听，你念吧。"

表哥就念了：

村子里三棵老银杏，
年纪比我爷爷的爷爷还大。
我没见过爷爷的爷爷，
只看见老银杏年年发新芽。

我问："你说的是娘娘庙里的那三棵？"

表哥说："除了那三棵，还有哪三棵？"

我问："年纪比外公的爷爷还大，多大岁数呢？"

表哥说："我也说不清楚。只听我爷爷说，他爷爷小时候，那三棵银杏已经是大树了，他爷爷还常常跟小朋友拿叶子当小扇子玩呢。"

我问："那三棵老银杏怎么样？你的诗预备怎么样作下去呢？"

表哥说："还没想停当呢，不妨给你说一说大意。我的诗不光是说那三棵老银杏。"

我问："还要说些什么呢？"

表哥说："我们村子里种了千把棵小树，你是看见了的，村子四周围，家家的门前和院子里，差不多全种遍了。那些小树长得真快，去年清明节前后种的，到现在才十几个月，都高过房檐七八尺了。再过三四年，我们那村子会成什么景象，想也想得出。除了深秋和冬天，整个村子就是个密密丛丛的树林子，房子全藏在里头。晴朗的日子，村子里随时随地都有树荫，就是射下来的阳光，也像带点儿绿色似的，叫人感觉舒畅。"

我想着些什么，正要开口，表哥拍拍我的肩膀，抢着说："不光是我们那村子，别的村子也像我们村子一样，去年都种了许多树呢。你想想看，三四年以后，人在道上走，只见近处远处，这边那边，一个个全是密密丛丛的树林子，怎么认得清哪个是哪村？"

我说："尽管一个个村子都成树林子，我一望就能认出你们集庆村，保证错不了。你们村子有特别的标记，老高的三棵银杏树。"

表哥又重重地拍一下我的肩膀，笑着说："你说的正是我的意思！所以我的诗一开头就说三棵老银杏。"

爬山虎的脚

学校操场北边墙上满是爬山虎。我家也有爬山虎，从小院的西墙爬上去，在房顶上占了一大片地方。

爬山虎刚长出来的叶子是嫩红色。不几天叶子长大，就变成嫩绿色。爬山虎在10月以前老是长茎长叶子。新叶子很小，嫩红色，不几天就变绿，不大引人注意。引人注意的是长大了的叶子，那些叶子绿得那么新鲜，看着非常舒服。那些叶子铺在墙上那么均匀，没有重叠起来的，也不留一点儿空隙。叶子一顺儿朝下，齐齐整整的，一阵风拂过，一墙的叶子就漾起波纹，好看得很。

以前我只知道这种植物叫爬山虎，可不知道它怎么能爬。今年我注意了，原来爬山虎有脚的。植物学上大概有另外的名字。动物才有脚，植物怎么会长脚呢？可是用处跟脚一样，管它叫脚想也无妨。

爬山虎的脚长在茎上。茎上长叶柄儿的地方，反面伸出枝状的六七根细丝，每根细丝像蜗牛的触角。细丝跟新叶子一样，也是嫩红色。这就是爬山虎的脚。

爬山虎的脚触着墙的时候，六七根细丝的头上就变成小圆片儿，巴住墙。细丝原先是直的，现在弯曲了，把爬山虎的嫩茎拉一把，使它紧贴在墙上。爬山虎就是这样一脚一脚地往上爬。如果你仔细看那些细小的脚，你会想起图画上蚊龙的爪子。

爬山虎的脚要是没触着墙，不几天就萎了，后来连痕迹也没有了。触着墙的，细丝和小圆片儿逐渐变成灰色。不要瞧不起那些灰色的脚，那些脚巴在墙上相当牢固，要是你的手指不费一点劲儿，休想拉下爬山虎的一根茎。

（前两篇原载《旅行家》1956年第11期，后一篇原载1956年11月1日《中国少年报》）

骑马

我小时候，苏州地方还没有人力车，代步的是轿子和船。一些墙门人家的女眷，即便要去的地方就在本城，出门总要依靠这两种交通工具。男人呢，为了比较体面地庆吊应酬出门大都坐轿子，往城外乡间去上坟访友大都坐船，平时出门，好在至多不过三四条巷，那就走走罢了。

那时候已经通行了脚踏车，可是很少见。骑脚踏车的无非是教会里的外国人，以及到过上海得风气之先的时髦小伙子。偶然看见一个人骑着脚踏车在铺着小石块的路上经过，抖抖抖抖地似乎要把浑身的骨节都震得发酸，在几乎肩贴肩走着的两个人中间，只这么一闪就擦过去了：这使大家感到新奇，不免停了脚步回过头去望那好像只有一片的背影。

与脚踏车一样需要自己驾驭的，还有驴子和马。可是骑驴子和马，意义不纯在代步，把它当作玩意儿的居多。骑了驴子往玄妙观去吧，骑了马往虎丘去吧，并不为玄妙观和虎丘路远走不动，却在于借此题目尝一尝控纵驰骋的快乐。

一般人对于驴子和马，用两样的眼光来看待。驴子，那长耳朵的灰黑色的畜生，饲养它的只是借此为生的驴夫，一匹驴子又不值几个钱，所以大家不把它看做奢侈品。无论是谁，骑骑驴子，还不至于惹人非议。马，那昂然不群的畜生，可不同了，虽然多数的马也由马夫饲养，但是很有几个浮华的少爷名门的败家子也养着马，所以大家都把马看做要不得的奢侈品。谁如果骑着马在路上经过，有些相识的人就不免窃窃私议，某人堕落了，他竟骑起马来了。这种想法，在别的事例上也常常可见。从前我们地方一些规矩人都不爱穿广东的拷绸，因为拷绸是所谓"流氓"之类惯用的衣料。马既是浮华的少爷名门的败家子的玩意儿，规矩的有教养的人当然不应该骑：这好像是很周密的推理。

当时我们一班中学生可没有顾到这一层，一时高兴，竟兴起了骑马的风尚。原由是有一个同学在陆军小学待过一年，他会骑马，把骑马的趣味说得天花乱坠，大家听得痒痒的，都想亲自试一试。刚好学校近旁有一片兵营里的校场，校场东边是一条宽阔的道路，两旁栽着柳树，正是试马的好所在。马夫养马的草棚又正在校场的西北角，花一角钱，就可以去牵一匹出来，骑它一个钟头。于是你也去试骑，我也去试骑，最盛的时候竟有二十多人同时玩这宗新鲜玩意儿。

现在马背上大都用西式皮鞍子了，从前却用木鞍子。十三四岁的人，站在平地，头顶就高出木鞍子不多，要用两手按着鞍子，左脚踏在踏镫里,让身子顺势一耸跨上马背,这是一连串并不容易的动作。马好像知道骑马的人本领的高低似的,生手跨上去,它就歪着头只是将身子旋转,这又是很难制服的。这当儿,马夫和朋友的帮助自属必要了,拉缰绳的拉缰绳,托身子的托身子,一阵子的乱嚷嚷,生手居然坐上了鞍子。于是把缰绳接在手里,另一只手按着鞍子,再也不敢放松。那畜生如果是比较驯良的,以为一切都已停当,肯规规矩矩走这么几步,初学的人就心花怒放了。

但是这样按着鞍子骑马叫做"请判官头",是最不漂亮的姿势。多骑了几回,自然想把手放松,不再去"请"那"判官头"。同时拉缰绳的一只手也要学着去测验马的"口劲",试探马的脾气,准备在放松一点儿或是扣紧一点儿的几微之间操纵胯下的畜生。

通常以为骑马就是让屁股服服帖帖坐在鞍子上。其实不然,得在大腿里侧用劲,把马背夹住,屁股部分却是脱空的。如果不用腿劲,在马"跑开"的时候不免要倒翻下来,两只脚虽然踏在踏镫里,也没有多大用处。这腿劲自然要从锻炼得来。我骑了好几回马,腿劲未见增强多少,可是站到地上,坐到椅子上,只觉得两条腿和腰部都是僵僵的了。

让马走慢步,称为"骑老爷马",最没有趣味。那是一步一拍的步调,马头一颠一颠的,与婚丧的仪仗中执事人员所骑的马一样。我们都不爱"骑老爷马",至少得叫它"小走"。"小走"是较为急促的步调,说得过甚些,前后左右四个蹄几乎同时离地,也几乎同时着地。各匹马的脾气不同，有的须把缰绳放松，有的却须扣紧；有的须略一放松即扣紧，有的却须向上一提，让它的头偏左或是偏右一点儿；只要摸着它的脾气，它就会了意，开始"小走"了。好的马四条腿虽然在急速地运动，身子可绝不转侧，总是很平稳地前进。骑到这样的马是一种愉快，挺着身躯，平稳地急速地向前，耳朵旁边响着飕飕的风，柳树的枝条拂着头顶和肩膀，于是仿佛觉得跑进了古人什么诗句的境界中了。

至于"跑开"，那又是另一种步调：前面两个蹄同时着地，随即后面两个蹄离地移前，同时着地，接着前面两个蹄又同时跨出去了。这里所谓着地实在并不"着"，只能说是非常轻快地在地上"点"一下。在前面两个蹄点地和后面两个蹄点地之间，时间是极其短促的。这当儿，马身一高一低，约略成一条曲线前进。骑马的人一高一低地飞一般地向前，当然爽快不过，有凌云腾空的气概。但是腿劲如果差点儿，这种爽快很难尝试，尝试的时候不免要吃亏。

有一回，我就这样从马上摔了下来。那一天，我跟在那个进过陆军小学的同学的后面，在我背后还有好几匹马。起初是"小走"，忽然前面的那个同学把缰绳一扣，他的马开始"跑开"了。我的马立即也换了步调。我没有提防，大概马跑了两三步，我就往左侧里倒翻下来。后面的几匹马怎么一脚也不曾踩着我，我至今还不明白。当时如果有一个马蹄踩着我的脑壳或是胸膛，我的生命早在中学二年级时候结束了。

骑马

我摔了下来就不省人事，醒来的时候，很觉得奇怪，我是通学生，怎么睡在寄宿舍里的一张床上！又好像时间很晚了，已经吃过晚饭。其实还是上午十一点过后，我只昏迷了一点钟多一点儿，想了一会，才把刚才的事想起来。坐起来试试，居然没有什么痛苦，只觉得浑身软软的，像病后起身的光景。我赶紧跑回家，像平时一样吃午饭，绝不提摔跤的事——在外面骑马，我从来不曾在父母面前提起过。直到前几年，儿子在外面试着骑马，回来谈他的新经验，我才把那回摔跤的事说出来。母亲听了，微皱着眉头说："你不回来说，我们在家里哪里知道。这种危险的事，还是不要去试的好。"她现在为孙儿担心了。

当时我们骑马，现在想起来，在教师该是桩讨厌的事儿。那时候学校比较放任，校长是一个自以为维新的人物，虽然不曾明白提倡骑马，对于其他运动却颇着力鼓励。七八匹马在学校墙外跑过，铃声蹄声闹成一片，他不会绝不知道。他为什么不禁止呢？大概以为这也是一项运动，不妨任学生去练习吧。但是多数教师却受累了。他们有一般人的偏见，以为骑马是不端的行为，眼睁睁地看学生骑着马在旁边跑过，总似乎有失体统。于是有故意低着头走过去，假作不知道马背上是什么人的，也有远远望见学生的马队在前面跑来，立刻回身，或者转向从别一条路走去的。他们一定在怨恨学生，为什么不肯体谅教师，离开学校远一点儿去练习你们的骑术呢！

（原载1937年6月25日《新少年》第3卷第12期，有修改）

说书

　　因为我是苏州人，望道先生要我谈谈苏州的说书。我从七八岁的时候起，私塾里放了学，常常跟着父亲去"听书"。到十三岁进了学校才间断。这几年间听的"书"真不少，"小书"如《珍珠塔》《描金凤》《三笑》《文武香球》，"大书"如《三国志》《水浒》《英烈》《金台传》，都不止听一遍，最多的听到三遍四遍。但是现在差不多忘记干净了，不要说"书"里的情节，就是几个主要人物的姓名也说不齐全了。

　　"小书"说的是才子佳人，"大书"说的是历史故事跟江湖好汉，这是大概的区别。"小书"在表白里夹着唱词，唱的时候说书人弹着三弦；如果是双档（两个人登台），另外一个就弹琵琶或者打铜丝琴。"大书"没有唱词，完全是表白。说"大书"的那把黑纸扇比较说"小书"的更为有用，几乎是一切"道具"的代替品，诸葛亮不离手的鹅毛扇，赵子龙手里的长枪，李逵手里的板斧，胡大海手托的千斤石，都是那把黑纸扇。

说"小书"的唱唱词据说是依"中州韵"的，实际上十之八九是方音，往往"ㄣ""ㄥ"不分，"真""庚"同韵。唱的调子有两派：一派叫"马调"，一派叫"俞调"。"马调"质朴，"俞调"婉转。"马调"容易听清楚，"俞调"抑扬太多，唱得不好，把字音变了，就听不明白。"俞调"又比较是女性的，说书的如果是中年以上的人，勉强逼紧了喉咙，发出撕裂似的声音来，真叫人坐立不安，浑身肉麻。

"小书"要说得细腻。《珍珠塔》里的陈翠娥见母亲势利，冷待远道来访的穷表弟方卿，私自把珍珠塔当作干点心送走了他。后来忽听得方卿来了，是个唱"道情"的穷道士打扮，要求见她。她料知其中必有蹊跷，下楼去见他呢还是不见他，踌躇再四，于是下了几级楼梯就回上去，上去了又走下几级来，这样上上下下有好多回，一回有一回的想头。这段情节在名手有好几天可以说。其时听众都异常兴奋，彼此猜测，有的说"今天陈小姐总该下楼梯了"，有的说"我看明天还得回上去呢"。

"大书"比较"小书"尤其着重表演。说书人坐在椅子上，前面是一张半桌，偶然站起来，也不很容易回旋，可是像演员上了戏台一样，交战，打擂台，都要把双方的姿态做给人家看。据内行家的意见，这些动作要做得沉着老到，一丝不乱，才是真功夫。说到这等情节自然很吃力，所以这等情节也就是"大书"的关子。譬如听《水浒》，前十天半个月就传说"明天该是景阳冈打虎了"，但是过了十天半个月,还只说到武松醉醺醺跑上冈子去。

说"大书"的又有一声"咆头",算是了不得的"力作"。那是非常之长的喊叫,舌头打着滚,声音从阔大转到尖锐,又从尖锐转到奔放,有本领的喊起来,大概占到一两分钟的时间:算是勇夫发威时候的吼声。张飞喝断灞陵桥就是这么一声"咆头"。听众听到了"咆头",散出书场来还觉得津津有味。

无论"小书"和"大书",说起来都有"表"跟"白"的分别。"表"是用说书人的口气叙述;"白"是说书人说书中人的话。所以"表"的部分只是说书人自己的声口,而"白"的部分必须起角色,生旦净丑,男女老少,各如书中人的身份。起角色的时候,大概贴旦丑角之类仍用苏白,正角色就得说"中州韵",那就是"苏州人说官话"了。

说书并不专说书中的事,往往在可以旁生枝节的地方加入许多"穿插"。"穿插"的来源无非《笑林广记》之类,能够自出心裁地编排一两个"穿插"的当然是能手了。关于性的笑话最受听众欢迎,所以这类"穿插"差不多每回可以听到。最后的警句说了出来之后,满场听众个个哈哈大笑,一时合不拢嘴来。

书场设在茶馆里。除了苏州城里,各乡镇的茶馆也有书场。也不止苏州一地,大概整个吴方言区域全是这批说书人的说教地。直到如今还是如此。听众是士绅以及商人,以及小部分的工人农民。从前女人不上茶馆听书,现在可不同了。听书的人在书场里欣赏说书人的艺术，同时得到种种的人生经验：公子小姐的恋爱方式，吴用式的阴谋诡计，君师主义的社会观，因果报应的伦理观，江湖好汉的大块分金、大碗吃肉，超自然力的宰制人间、无法抵抗……也说不尽这许多，总之，那些人生经验是非现代的。

现在，书场又设到无线电播音室里去了。听众不用上茶馆，只要旋转那"开关"，就可以听到叮叮咚咚的弦索声或者海瑞、华太师等人的一声长嗽。非现代的人生经验利用了现代的利器来传播，这真是时代的讽刺。

（原载1934年10月5日《太白》半月刊第1卷第2期）

昆曲

昆曲本是吴方言区域里的产物，现今还有人在那里传习。苏州地方，曲社有好几个。退休的官僚，现任的善堂董事，从课业练习簿的堆里溜出来的学校教员，专等冬季里开栈收租的中年田主少年田主，还有诸如此类的一些人，都是那几个曲社里的社员。北平并不属于吴方言区域，可是听说也有曲社，又有私家聘请了教师学习的，在太太们，能唱几句昆曲算是一种时髦。除了这些"爱美的"唱曲家偶尔登台串演以外，职业的演唱家只有一个班子，这是唯一的班子了，就是上海"大千世界"的"仙霓社"。逢到星期日，没有什么事来逼迫，我也偶尔跑去看他们演唱，消磨一个下午。

演唱昆曲是厅堂里的事。地上铺一方红地毯，就算是剧中的境界；唱的时候，笛子是主要的乐器，声音当然不会怎么响，但是在一个厅堂里，也就各处听得见了。搬上旧式的戏台去，即使在一个并不宽广的戏院子里，就不及平剧那样容易叫全体观众听清。如果搬上新式的舞台去，那简直没法听，大概坐在第五六排的人就只看见演员拂袖按鬓了。我不曾做过考据功夫，不知道什么时候开始有演唱昆曲的戏院子。从一些零星的记载看来，似乎明朝时候只有绅富家里养着私家的戏班子。《桃花扇》里有陈定生一班文人向阮大铖借戏班子，要到鸡鸣埭上去吃酒，看他的《燕子笺》，也可以见得当时的戏不过是几十个人看看罢了。我十几岁的时候，苏州城外有演唱平剧的戏院子两三家，演唱昆曲的戏院子是不常有的，偶尔开设起来，开锣不久，往往因为生意清淡就停闭了。

昆曲彻头彻尾是士大夫阶级的娱乐品，宴饮的当儿，叫养着的戏班子出来演几出，自然是满写意的。而那些戏本子虽然也有幽期密约，盗劫篡夺，但是总要归结到教忠教孝，劝贞劝节，神佛有灵，人力微薄，这就除了供给娱乐以外，对于士大夫阶级也尽了相当的使命。就文词而言，据内行家说，多用词藻故实是不算希奇的，要像元曲那样亦文亦话才是本色。但是，即使像了元曲，又何尝能够句句像口语一样听进耳朵就明白？再说，昆曲的调子有非常迂缓的，一个字延长到十几拍，那就无论如何讲究辨音，讲究发声跟收声，听的人总之难以听清楚那是什么字了。所以，听昆曲先得记熟曲文；自然，能够通晓曲文里的故实跟词藻那就尤其有味。这又岂是士大夫阶级以外的人所能办到的？当初编撰戏本子的人原来不曾为大众设想，他们只就自己的天地里选一些材料，编成悲欢离合的故事，借此娱乐自己，教训同辈，或者发发牢骚。谁如果说昆曲太不顾到大众，谁就是认错了题目。

昆曲的串演，歌舞并重。舞的部分就是身体的各种动作跟姿势，唱到哪个字，眼睛应该看哪里，手应该怎样，脚应该怎样，都由老师傅传授下来，世代遵守着。动作跟姿势大概重在对称，向左方做了这么一个舞态，接下来就向右方也做这么一个舞态，意思是使台下的看客得到同等的观赏。譬如《牡丹亭》里的《游园》一出，杜丽娘小姐跟春香丫头就是一对舞伴，从闺中晓妆起，直到游罢回家止，没有一刻不是带唱带舞的，而且没有一刻不是两人互相对称的。这一点似乎比较平剧跟汉调来得高明。前年看见过一本《国剧身段谱》，详记平剧里各种角色的各种姿势，实在繁复非凡；可是我们去看平剧，就觉得演员很少有动作，如《李陵碑》里的杨老令公，直站在台上尽唱，两手插在袍甲里，偶尔伸出来挥动一下罢了。昆曲虽然注重动作跟姿势，也要演员能够体会才好，如果不知道所以然，只是死守着祖传来表演，那就跟木偶戏差不多。

昆曲跟平剧在本质上没有多大差别，然而后者比较适合于市民，而士大夫阶级已无法挽救他们的没落，昆曲恐将不免于淘汰。这跟麻将代替了围棋，豁拳代替了酒令，是同样的情形。虽然有曲社里的人在那里传习，然而可怜得很，有些人连曲文都解不通，字音都念不准，自以为风雅，实际上却是薛蟠那样的哼哼，活受罪，等到一个时会到来，他们再没有哼哼的余闲，昆曲岂不将就此"绝响"？这也没有什么可惜，昆曲原不过是士大夫阶级的娱乐品罢了。

有人说，还有大学文科里的"曲学"一门在。大学文科分门这样细，有了诗，还有词，有了词，还有曲，有了曲，还有散曲跟剧曲，有了剧曲，还有元曲研究跟传奇研究，我只有钦佩赞叹，别无话说。如果真是研究，把曲这样东西看做文学史里的一宗材料，还它个本来面目，那自然是正当的事。但是人的癖性往往会因为亲近了某种东西，生出特别的爱好心情来，以为天下之道尽在于此。这样，就离开"研究"二字不止十里八里了。我又听说某一所大学里的"曲学"一门功课，教授先生在教室里简直就教唱昆曲，教台旁边坐着笛师，笛声嘘嘘地吹起来，教授先生跟学生就一同嗳嗳嗳……地唱起来。告诉我的那位先生说这太不成话了，言下颇有点愤慨。我说，那位教授先生大概还没有知道，"仙霓社"的台柱子，有名的巾生顾传玠，因为唱昆曲没前途，从前年起丢掉本行，进某大学当学生去了。

这一回又是望道先生出的题目。真是漫谈，对于昆曲一点儿也没有说出中肯的话。

（原载1934年10月20日《太白》半月刊第1卷第3期）

天井里的种植

搬到上海来十多年，一直住的弄堂房子。弄堂房子，内地人也许不明白是什么式样。那是各所一律的：前墙通连，隔墙公用；若干所房子成为一排；前后两排间的通路就叫做"弄堂"；若干条弄堂合起来总称什么里什么坊，表示那是某一个房主的房产。每一所房子开门进去是个小天井。天井，也许又有人不明白是什么。天井就是庭院；弄堂房子的庭院可真浅，只须三四步就跨过了，横里等于一所房子的阔，也不过五六步光景，如果从空中望下来，一定会觉得那个"井"字怪适当的。天井跨进去就是正间。正间背后横生着扶梯，通到楼上的正间以及后面的亭子间。因为房子并不宽，横生的扶梯够不到楼上的正间，碰到墙，拐弯向前去，又是四五级，那才是楼板。到亭子间可不用跨这四五级，所以亭子间比楼正间低。亭子间的下层是灶间；上层是晒台，从楼正间另一旁的扶梯走上去。近年来常常在文人笔下出现的亭子间就是这么局促闷损的居室。然而弄堂房子的结构确乎值得佩服；俗语说，"麻雀虽小，五脏俱全"，弄堂房子就合着这样经济的条件。

　　住弄堂房子，非但栽不成深林丛树，就是几棵花草也没法种，因为天井里完全铺着水门汀。你要看花草只有种在花盆里。盆里的泥往往是反复地种过了几种东西的，一些养料早被用完，又没处去取肥美的泥土来加入；所以长出叶子来开出花朵来大都瘦小可怜。有些人家嫌自己动手麻烦，又正有余多的钱足以对付小小的奢侈的开支，就与花园约定，每个月送两回或者三回盆景来；这样，家里就长年有及时的花草，过了时的自有花匠带回去，真是毫不费事。然而这等人家的趣味大都在于不缺少照例应有的点缀，自己的生活跟花草的生活却并没有多大干系；只要看花匠带回去的，不是干枯了的叶子，就是折断了的枝干，可见我这话没有冤枉了他们。再有些人家从小菜场买一些折枝截茎的花草，拿回来就插在花瓶里，不像日本人那样讲究什么"花道"，插成"乱柴把"或者"喜鹊窠"都不在乎；直到枯萎了，拔起来向垃圾桶一扔，就此完事。这除了"我家也有一点儿花草"以外，实在很少意味。

　　我们乐于亲近植物，趣味并不完全在看花。一条枝条伸出来，一张叶子展开来，你如果耐着性儿看，随时有新的色泽跟姿态勾引你的欢喜。到了秋天冬天，吹来几阵西风北风，树叶毫不留恋地掉将下来；这似乎最乏味了。然而你留心看时，就会发现枝条上旧时生着叶柄的处所，有很细小的一粒透露出来，那就是来春新枝条的萌芽。春天的到来是可以预计的，所以你对着没有叶子的枝条也不至于感到寂窦，你有来春看新绿的希望。这固然不值一班珍赏家的一笑，在他们，树一定要搜求佳种，花一定要能够入谱，寻常的种类跟谱外的货色就不屑一看；但是，果真能从花草方面得到真实的享受，做一个非珍赏家的"外行"又有什么关系。然而买一点折枝截茎的花草来插在花瓶里，那是无法得到这种享受的；叫花匠每个月送几回盆景来也不行，因为时间太短促，你不能读遍一种植物的生活史；自己动手弄盆栽当然比较好，可是植物入了盆犹如鸟进了笼，无论如何总显得拘束，滞钝，跟原来不一样。推究到底，只有把植物种在泥地里最好。可是哪来泥地呢？弄堂房子的天井里有的是坚硬的水门汀！

把水门汀去掉；我时时这样想，并且告诉别人。关切我的人就提出了驳议。有两说：又不是自己的房产，给点缀花木犯不着，这是一说；谁知道这所房子住多少日子，何必种了花木让别人看，这是又一说。前者着眼在经济；后者只怕徒劳而得不到报酬。这种见识虽然不能叫我信服，可是究属好意；我对他们都致了谢。然而也并没有立刻动手。直到三年前的冬季，才真个把天井里的水门汀的两边凿去，只留当中一道，作为通路。水门汀下面满是砖砾，烦一个工人用了独轮车替我运出去。他就从不很近的田野里载回来泥土，倒在凿开的地方。来回四五趟，泥土与留着的水门汀平了。于是我买一些植物来种下，计蔷薇两棵，紫藤两棵，红梅一棵，芍药根一个。蔷薇跟紫藤都落了叶，但是生着叶柄的处所，萌芽的小粒已经透出来了；红梅满缀着花蕾，有几个已经展开了一两瓣；芍药根生着嫩红的新芽，像一个个笔尖,尤其可爱。我希望它们发育得壮健些,特地从江湾买来一片豆饼,融化了,分配在各棵的根旁边;又听说芍药更需要肥料,先在安根处所的下边埋了一条猪的大肠。

不到两个月,"一·二八"战役起来了。停战以后,我回去捡残余的东西。天井完全给碎砖断板掩没了。只红梅的几条枝条伸出来,还留着几个干枯的花萼;新叶全不见,大概是没命了。当时心里充满着种种的忿恨,一瞥过后,就不再想到花呀草呀的事。后来回想起来,才觉得这回的种植多此一举。既没有点缀人家的房产,也没有让别人看到什么,除了那棵红梅总算看见它半开以外,一点儿效果都没有得到,这才是确切的"犯不着"。然而当初提出驳议的人并不曾想到这一层。

去年秋季,我又搬家了。经朋友指点,来看这所房子,才进里门,我就中了意,因为每所房子的天井都留着泥地,再不用你费事,只一条过路涂的水门汀。搬了进来之后,我就打算种点儿东西。一个卖花的由朋友介绍过来了。我说要一棵垂柳,大约齐楼上的栏杆那么高。他说有,下礼拜早上送来。到了那礼拜天,一家人似乎有一位客人将要到来,都起得很早。但是,报纸送来了,到小菜场去买菜的回来了,垂柳却没有消息。那卖花的"放生"了吧,不免感到失望。忽然,"树来了!树来了!"在弄堂里赛跑的孩子叫将起来。三个人扛着一棵绿叶蓬蓬的树,到门首停下;不待竖直,就认知这是柳树而并不是垂柳。为什么不送一棵垂柳来呢?种活来得难哩,价钱贵得多哩,他们说出好些理由。不垂又有什么关系,具有生意跟韵致是一样的。就叫他们给我种在门侧；正是齐楼上的栏杆那么高。问多少价钱，两块四，我照给了。人家都说太贵，若在乡下，这样一棵柳树值不到两毛钱。我可不这么想。三个人的劳力，从江湾跑了十多里路来到我这里，并且带来一棵绿叶蓬蓬的柳树，还不值这点儿钱吗？就是普通的商品，譬如四毛钱买一双袜子，一块钱买三罐香烟，如果撇开了资本吸收利润这一点来说，付出的代价跟取得的享受总有些抵不过似的，因为每样物品都是最可贵的劳力的化身，而付出的代价怎样来的，未必每个人没有问题。

柳树离开了土地一些时，种下去过了三四天，叶子转黄，都软软地倒垂了；但枝条还是绿的。半个月后就是小春天气，接连十几天的暖和，枝条上透出许多嫩芽来；这尤其叫人放心。现在吹过了几阵西风，节令已交小寒，这些嫩芽枯萎了。然而清明时节必将有一树新绿是无疑的。到了夏天，繁密的柳叶正好代替凉棚，遮护这小小的天井：那又合于家庭经济原理了。

柳树以外我又在天井里种了一棵夹竹桃，一棵绿梅，一条紫藤，一丛蔷薇，一个芍药根，以及叫不出名字来的两棵灌木；又有一棵小刺柏，是从前住在这里的人家留下来的。天井小，而我偏贪多；这几种东西长大起来，必然彼此都不舒服。我说笑话，我安排下一个"物竞"的场所，任它们去争取"天择"吧。那棵绿梅花蕾很多，明后天有两三朵要开了。

（原载1935年2月1日《中学生》第52号）

过节

逢到节令，我们遵照老例祭祖先。苏州人把祭祖先特称为"过节"。别地方人买一些酒菜，大家在节日吃喝一顿，叫做"过节"；苏州人对于这两个字似乎没有这样用法。

过节以前，母亲早已把纸锭折好了。纸锭的原料是锡箔，是绍兴地方的特产。前几年我到绍兴，在一个土山上小立，只听得密集的市屋间传出达达的声音，互相应答，就是在那里打锡箔。

我家过节共有三桌。上海弄堂房子地位狭窄，三桌没法同时祭，只得先来两桌，再来一桌。方桌子仅有一只，只得用小圆桌凑数。本来是三面设坐位的，因为椅子不够，就改为只设一面。杯筷碗碟拿不出整齐的全套，就取杂色的来应用。蜡盏弯了头。香炉里香灰都没有，只好把三支香搁在炉口就算。总之，一切都马虎得很。好在母亲并不拘于成规，对于这一切马虎不曾表示过不满。但是我知道，如果就此废止过节，一定会引起她的不快。所以我从没有说起废止过节。

供了香，斟了酒，接着就是跪拜。平时太少运动了，才过四十岁,膝关节已经硬化,跪下去只觉得僵僵的,此外别无所思。在满坐的祖先中间,记忆得最真切的是父亲与叔父,因为他们过世最后。但是我不能想象他们与十几位祖先挤坐在两把椅子上举杯喝酒举筷吃菜的情状。又有一个十一岁上过世的妹妹,今年该三十八了,母亲每次给她特设一盘水果,我也不能想象她剥橘皮吐桃核的情状。

从前父亲叔父在日,他们的拜跪就不相同。容貌显得很肃穆,一跪三叩之后,又轻轻叩头至数十回,好像在那里默祷,然后站起来,恭敬地离开拜位。所谓"祭如在""临事而敬",他们是从小就成为习惯了的。新教育的推行与时代的转变把古传的精灵信仰打破,把儒家的报本返始的观念看得并没有什么了不起,于是"如在"既"如"不起来,"临事"自不能装模作样地虚"敬",只成为一种毫无意义的例行故事:这原是必然的。

几个孩子有时跟着我拜,有时说不高兴拜,也就让他们去。焚化纸锭却是他们欢喜干的事,在一个搪瓷面盆里慢慢地把纸锭加进去,看它们给火焰吞食,一会儿变成白色的灰烬,仿佛有冬天拨弄炭火盆那种情味。孩子们所知道的过节,第一自然是吃饭时有较好较多的菜;第二,这是家庭里的特种游戏,一年内总得表演几回的。至于祖先会扶老携幼到来,分着左昭右穆坐定,吃喝一顿之后,又带着钱钞回去:这在孩子是没法想象的,好比我不能想象父亲叔父会到来参加这家族的宴飨一样。从这一点想,虽然逢时过节,对于孩子大概不至于有害吧。

(原载1935年7月15日《创作》月刊第1卷第1期)

牛

在乡下住的几年里，天天看见牛。可是直到现在还像显现在眼前的，只有牛的大眼睛。冬天，牛拴在门口晒太阳。它躺着，嘴不停的磋磨，眼睛就似乎比忙的时候睁得更大。牛眼睛好像白的成分多，那是惨白。我说它惨白，也许为了上面网着一条条血丝。我以为这两种颜色配合在一起，只能用死者的寂静配合着吊丧者的哭声那样的情景来相摹拟。牛的眼睛太大，又鼓得太高，简直到了使你害怕的程度。我进院子的时候经过牛身旁，总注意到牛鼓着的两只大眼睛在瞪着我。我禁不住想，它这样瞪着，瞪着，会猛的站起身朝我撞过来。我确实感到那眼光里含着恨。我也体会出它为什么这样瞪着我，总距离它远远的绕过去。有时候我留心看它将会有什么举动，可是只见它呆呆地瞪着，我觉得那眼睛里似乎还有别的使人看了不自在的意味。

我们院子里有好些小孩，活泼，天真，当然也顽皮。春天，他们捕蝴蝶。夏天，他们钓青蛙，谷子成熟的时候到处都有油蚱蜢，他们捉了来，在灶堂里煨了吃。冬天，什么小生物全不见了，他们就玩牛。

有好几回，我见牛让他们惹得发了脾气。它绕着拴住它的木桩子，一圈儿一圈儿的转。低着头，斜起角，眼睛打角底下瞪出来，就好像这一撞要把整个天地翻个身似的。

孩子们是这样玩的：他们一个个远远的站着，捡些石子朝牛扔去。起先，石子不怎么大，扔在牛身上，那一搭皮肤马上轻轻的抖一下，像我们的嘴角动一下似的。渐渐的，捡来的石子大起来了，扔到身上牛会掉过头来瞪着你。要是有个孩子特别胆大，特别机灵，他会到竹园里找来一根毛竹，伸得远远的去撩牛的尾巴，戳牛的屁股，把牛惹起火来。可是，我从未见过他们撩起牛的头。我想，即使是小孩，也从那双大眼睛看出使人不自在的意味了。

玩到最后，牛站起来了，于是孩子们轰的一声，四处跑散。这种把戏，我看得很熟很熟了。

有一回，正巧一个长工打院子里出来，他三十光景了，还像孩子似的爱闹着玩。他一把捉住个孩子，"莫跑，"他说，"见了牛都要跑，改天还想吃庄稼饭？"他朝我笑笑说："真的，牛不消怕得，你看它有那么大吗？它不会撞人的。牛的眼睛有点不同。"

以下是长工告诉我的话。

"比方说，我们看见这根木头桩子，牛眼睛看来就像一根撑天柱。比方说，一块田十多亩，牛眼睛看来就没有边，没有沿。牛眼睛看出来的东西，都比原来大，大许多许多。看我们人，就有四金刚那么高，那么大。站到我们跟前它就害怕了，它不敢倔强，随便拿它怎么样都不敢倔强。它当我们只要两个指头就能捻死它,抬一抬脚趾拇就能踢它到半天云里,我们哈气就像下雨一样。那它就只有听我们使唤,天好,落雨,生田,熟田,我们要耕,它就只有耕,没得话说的。你先生说对不对,幸好牛有那么一双眼睛。不然的话,还让你使唤啊,那么大的一个,力气又蛮,踩到一脚就要痛上好几天。对了,我们跟牛,五个抵一个都抵不住。好在牛眼睛看出来,我们一个抵它十几个。"

以后,我进出院子的时候,总特意留心看牛的眼睛,我明白了另一种使人看着不自在的意味。那黄色的浑浊的瞳仁,那老是直视前方的眼光,都带着恐惧的神情,这使眼睛里的恨转成了哀怨。站在牛的立场上说,如果能去掉这双眼睛,成了瞎子也值得,因为得到自由了。

1946年12月作

在西安看的戏

住西安不满二十天,倒看了八回戏,易俗社两回,香玉剧社两回,尚友社、西北歌舞剧团、鄘鄂剧团、皮影戏各一回。西安人看戏的兴致似乎很高,除了我们看过的几处以外,还有好些剧团,听说处处满座,票不容易买。多数人能够哼两句秦腔或河南梆子,广播也常常播秦腔和河南梆子,喇叭底下聚集着低回不忍去的听众。

西安的戏院可以说属于旧形式。长方形,直里比横里长。长条椅一排排地正摆,挤得比较紧。两旁边栏杆以外也容纳观众,那是偏着身子站着看的,票价特别便宜。房屋不怎么讲究,有几座用席顶棚。易俗社舞台沿的上方仿敦煌壁画画两个大型的飞天,回身凌空,彩带飘拂,比随便画些图案好看多了。用飞天做舞台的装饰,在别处还没见过。

听说一九五四年要修一座戏院,当然是新式的,设计的时候一定会考虑到怎样让买便宜票的也有座位。

在易俗社看两回秦腔,一回是整本戏《游龟山》,一回是六个单出戏。戏都演得认真，排在前头的单出戏也没有从前戏院的习气，有气没力，敷敷衍衍，只顾陪着观众消磨时间。演员的地位和认识提高了固然有关系，另外的原因恐怕是观众老早到齐，一开场就坐得满满的，不像以前有些人那样直到末了一两出上场的时候才来，表示他们除了头牌的名角而外不屑一顾。既然有那么些人要看，而且是真心诚意地要看，就是戏排在前头，又怎么能草草了事？

小时候听秦腔，现在光记得贾璧云的《阴阳河》和《红梅阁》。贾璧云是京剧角色，带唱秦腔，当时很有些声名。只觉得那声音高亢极了，刺耳的胡琴和梆子之外就只是那么咿咿呀呀的，越顿越高，越顿越高，完全听不清唱些什么。不知道什么缘故，现在听秦腔不觉得那么高亢了，胡琴和梆子也不刺耳，演员唱得好，口齿清楚，我可以听懂七八成，唱得差的，也有三四成。

没有戏单，挂在两旁的黑板上写着白粉字——戏名和演员名，因而很难记住谁扮演谁。我光记住了一位女演员的名字，孟遏云，因为近旁的观众都在轻声屏气地说这个名字，她的演唱特别引人注意，还有我左手边一位老太太带着叹息的调子说她今晚来看戏就为看这个孟遏云。

外行人不能说内行话，况且唱歌是声音的事情，用语言来描摹很难见效，往往描摹了一大堆，人家还是捉摸不到什么，我也不预备描摹了。我只觉得孟遏云的声音有天分又有训练，训练达到了极端纯熟的境界，能够自由操纵，随心所欲，随时随地恰当地表达出剧中人的感情，因而她的唱有风格，有自己的东西，虽然别人唱起来，唱词和曲谱也全都是那么样。听她一句一句唱下去，你心中再不起旁的杂念，光受她的唱的支配。她的风格含着种种味道，领略那味道是一种愉快、一种享受，你唯恐错过了一丝半毫的愉快和享受，哪还有工夫想旁的？她的声音那么一转，一转之后又像游丝一样袅上去，你就默默点头，认为非那么一转袅上去不可。她把一个语音斩钉截铁地喷出来，才喷出来就戛然刹住，你就咂咂嘴唇，认为唯有那样喷出来就刹住才恰到好处。这里所谓"认为"并非思维活动，简直是不意识，不过耳朵里感觉顺适，心里感觉舒服罢了。我们看了好的书画、精美的雕刻，同样会感觉到那种顺适和舒服。凡是艺术作品，合乎规格，又不仅合乎规格，还有独自的风格、独自的味道的，都能叫人感觉到那种顺适和舒服。——我说了这么些话并没有传出孟遏云的唱的好处，这是没有办法的事，要领略好处怕只有用耳朵去听。我很想听听内行家的意见，不知道内行家对于孟遏云的唱怎么说。至于她的演技，我不再多说外行话了，总之，妥帖，老到，全身有戏，随时是戏。在《游龟山》里，她演江夏县的太太，又一回她演《探窑》里的王宝钏。《探窑》尤其酣畅淋漓。

　　常香玉的河南梆子，我看过她的《断桥》。她也有她的风格，能把感情充分地发挥。白娘娘的爱恋、怨恨、悲痛，听了她的唱似乎可以把实质给抓住。这回看了她的《花木兰》，印象当然也挺好。我的一位朋友发表他的"读后感"，他说《花木兰》的道白做工似乎过于京戏化了，减少了河南梆子的本色——某一剧种的某些本色应该保留还是改掉，该多保留还是少保留，是戏剧工作里值得讨究的题目。他又说花木兰胜利之后帐前独唱的时候如果有个舞蹈场面，戏也许更出色些。外行人不能下什么判断，愿意把朋友的意见记下来，供香玉剧社参考。

巧得很，在易俗社看了《拷红》，在香玉剧社也看了《拷红》。易俗社的《拷红》，饰红娘的是一位男角——很抱歉，没有记住他的姓名，一出场就看得出他是个守着旧典型的。所谓旧典型，就是传统的规范，一举一动，一颦一笑，全有程式。可是他能不让程式拘住，把程式演活了，于是观众面前出现一个活泼伶俐，随机应变的小红娘。我想，我国各种旧戏都有它的程式，凡是成功的演员都是把程式演活了的——不知道这样说是不是切当。香玉剧社的《拷红》，老夫人、莺莺、红娘、张生四个角色铢两悉称，彼此配合得挺紧凑，一个在那里唱呀说的，跟另外一个或几个息息相关。这一层不太容易做到。可是观众爱看的是整台的戏，不是一个角色演戏，另外一个或几个只在旁边坐一坐，站一站。为了满足观众的要求，演员当然应当尽力做到这一层。

没有戏剧源流的知识，不知道秦腔和河南梆子的关系怎么样。推想起来，该是近房兄弟吧。不然，为什么西安人喜爱河南梆子那么强，只望香玉剧社老留在西安？再说，陕西跟河南接壤，一在关内，一在关外，地理上的关系也实在密切。据我想，这两种戏剧，还有其他几种地方戏,有个共通之点,就是唱句的音乐性很够味,可是听起来还是语言。音乐性够味,所以熟极的戏也愿意再去听一听,听那唱歌,听那演员的独自的风格——当然指有风格的而言。听起来还是语言,所以听歌唱同时领略戏的细微曲折,比较单就音乐方面听,感觉更见深切。在我国各种戏剧里头,音乐性够味可是听起来几乎不成语言的,该数昆曲里的南曲了——北曲好一些。固然,曲词多用文言词藻,造句又属诗词一路,那是不容易一听就明白的一个原因。可是,更重要的原因在每唱一个字袅呀袅呀地转折太多了,叫人家光听见一连串的工尺上四合。就是能唱的曲家,要是请他听一支生曲子,恐怕除了一连串的工尺上四合也领略不多吧。曲词明明是语言(诗词一路的语言),可是听起来只是一连串的工尺上四合,不成语言。在戏曲界"百花齐放,推陈出新"的今天,各种剧种都在那里发展呀改革的,情形热闹非凡,可是昆曲只有抱残守缺的份儿,道理也许就在这里。京戏旦角的某些唱段,我听起来也有一连串工尺上四合之感,就是说不知道说些什么,虽然觉得悦耳。我听秦腔和河南梆子就不然,一方面居然能欣赏唱的好处,另一方面又能听清它的语言,欣赏就包括戏剧的内容,不仅在音乐。凡有这个特征——音乐性够味,可是听起来还是语言——的歌剧,我想,前途都是光明的、乐观的。什么根据呢?根据就在我能够接受,非但能够接受,还能够欣赏。而我呢,至少可以代表一大部分并不内行可是喜欢看戏的观众。

看了西北歌舞剧团的《小二黑结婚》,我就想到一部分新歌剧似乎还没有前边所说的特征，唱词配了音乐，当然不像话剧那样，句句跟实际生活里的语言一致，而那音乐，不知道什么缘故，又不像秦腔和河南梆子那样，能使有天分的演员唱成独自的风格。于是，就语言方面听，不如话剧干脆、爽利、有实感，就音乐方面听，不如秦腔、河南梆子的耐人寻味，禁得起咀嚼。有些新歌剧，我们看过一回，知道有那么一回事就算了，再不想看第二回，原由恐怕在此，新歌剧正在成长的阶段，得从各方面努力，是不是该在争取我所说的特征上多注点儿意，希望戏剧界考虑。

现在谈皮影戏。我们看的全本《火焰驹》。皮影戏各个登场人物的唱词道白大部分由一个人担任，只有少数几处由另外一个人搭配。唱的什么调我不知道，似乎属于"说唱"一路。

那皮人、皮道具的雕刻工细极了，饰色鲜艳极了，陈列在民间艺术品展览会里准可以列入上选。一切全用繁复的线条画成，只有人物的面部很简单，几笔勾出了生旦净丑，当然也有繁复的花脸。生的袍服，旦的衣裙……全有图案花纹。一张桌子，一把椅子，也不厌其烦地尽量细雕，好像红木作里制成的精制品。小到一把扇子（要知道皮人只一尺来高，可以想象扇子多大了），并不剪成扇形就算，还要把它镂空，让扇面上有画。有几幅布景，那花丛全用工笔，那假山有宋元人画山石的意味，又古茂，又艳丽。

没看过皮影戏的也许不大明白那是怎么回事，现在大略说几句。可以拿傀儡戏作比方，傀儡戏是傀儡演戏，皮影戏是皮人演戏，举止行动同样由藏在背后的人操纵。不过皮人不像傀儡那样成个立体的形象，那是皮雕成的，只是一片，而且是侧影的一片，不朝左就朝右。后面亮着灯光，活动的皮人的影子映在垂直张挂的白布上，观众在白布前面就可以看戏了。

我们看戏看傀儡戏都在台前看，看正面。舞台有深度，因而有远近。元帅升帐，他的位置距离我们远些，帐前两旁站着四将，距离我们近些。看皮影戏可不然。我们虽然坐在白布前面，实际上等于坐在舞台侧边。只能看个侧面。无所谓远近，侧形的皮人全在一个平面上活动——一个平面就是那垂直张挂的白布。

看皮影戏得在意想中"除外"一些形象。换句话说，有些影子你得当作没看见。要让皮人的身躯跟四肢活动，不能不用几根细木签支使它，细木签的影子不能不映在白布上。要是不在意想中当作没看见那些细木签的影子，就觉得场面上的人物牵牵挂挂的，很不顺眼。还有，皮人本来朝左，一会儿要它朝右，这只有一个办法，把它翻转来。翻转来当然很快，真可以说"一刹那"，在"一刹那"间，侧面的人形成了稀奇古怪的形象。那稀奇古怪的形象也得"除外"，当作没看见，意想中只当它朝左的人物慢慢地转过身来朝右边。还有，皮影必须贴着白布，轮廓和线条才显得清楚，色彩才显得鲜明。可是，皮人究竟拿在人的手里，总不免有些时候离开白布些儿，于是轮廓和线条朦胧了，色彩模糊了。那时候你最好闭一闭眼睛养养神，待皮人贴着了白布再看下去。

这些全是特质的条件的限制,既然要让"只是一片"的皮人演戏,就没法超越这些限制。我们只要想一想,所有登场的皮人全都由一个人的两只手操纵,居然可以演出整本的戏,模仿真人的活动相当到家,也就不会有什么苛求了。

一个唱的,一个操纵皮人的,三四个奏音乐的,大概五六个人就可以搞一个皮影戏的班子。这样的简单,旁的戏班子无论如何赶不上。跟傀儡戏比起来似乎差不多,可是皮人比傀儡轻巧多了。在无戏可看的地区,皮影戏靠它的简单,四处流动,满足群众的需要。现在戏剧的供应已经比较普遍,今后更将普遍,僻远的农村也可以看到话剧、歌剧。我想,在换换口味的意义之下,那时候皮影戏还会是群众所喜见乐闻的。

1954年1月4日作

景泰蓝的制作

　　天下午，我们去参观北京市手工业公司实验工厂，粗略地看了景泰蓝的制作过程。景泰蓝是多数人喜爱的手工艺品，现在把它的制作过程说一说。

　　景泰蓝拿红铜做胎，为的红铜富于延展性，容易把它打成预先设计的形式，要接合的地方又容易接合。一个圆盘子是一张红铜片打成的，把红铜片放在铁砧上尽打尽打，盘底就洼了下去。一个比较大的花瓶的胎分作几截，大概瓶口、瓶颈的部分一截，瓶腹鼓出的部分一截，瓶腹以下又是一截。每一截原来都是一张红铜片。把红铜片圈起来，两边重叠，用铁椎尽打，两边就接合起来了。要圆筒的哪一部分扩大，就打哪一部分，直到符合设计的意图为止。于是让三截接合起来，成为整个的花瓶。瓶底可以焊上去，也可以把瓶腹以下的一截打成盘子的形状，那就有了底，不用另外焊了。瓶底下面的座子，瓶口上的宽边，全是焊上去的。至于方形或是长方形的东西，像果盒、烟卷盒之类，盒身和盖子都用一张红铜片折成，只要把该接合的转角接合一下就是，也不用细说了。

制胎的工作其实就是铜器作的工作，各处城市大都有这种铜器作，重庆还有一条街叫打铜街。不过铜器作打成一件器物就完事，在景泰蓝的作场里，这只是个开头，还有好多繁复的工作在后头呢。

第二步工作叫掐丝，就是拿扁铜丝（横断面是长方形的）粘在铜胎表面上。这是一种非常精细的工作。掐丝工人心里有谱，不用在铜胎上打稿，就能自由自在地粘成图画。譬如粘一棵柳树吧，干和枝的每条线条该多长，该怎么弯曲，他们能把铜丝恰如其分地剪好曲好，然后用钳子夹着，在极稠的白芨浆里蘸一下，粘到铜胎上去。柳树的每个枝子上长着好些叶子，每片叶子两笔，像一个左括号和一个右括号，那太细小了，可是他们也要细磨细琢地粘上去。他们简直是在刺绣，不过是绣在铜胎上而不是绣在缎子上，用的是铜丝而不是丝线、绒线。

他们能自由地在铜胎上粘成山水、花鸟、人物种种图画，当然也能按照美术家的设计图样工作。反正他们对于铜丝好像画家对于笔下的线条，可以随意驱遣，到处合适。美术家和掐丝工人的合作，使景泰蓝器物推陈出新，博得多方面人士的爱好。

粘在铜胎上的图画全是线条画，而且一般是繁笔，没有疏疏朗朗只用少数几笔的。这里头有道理可说。景泰蓝要涂上色料，铜丝粘在上面，涂色料就有了界限。譬如柳条上的每片叶子由两条铜丝构成，绿色料就可以填在两条铜丝中间，不至于溢出来。其次，景泰蓝内里是铜胎，表面是涂上的色料，铜胎和色料，膨胀率不相同。要是色料的面积占得宽，烧过以后冷却的时候就会裂。还有，一件器物的表面要经过几道打磨的手续，打磨的时候着力重，容易使色料剥落。现在在表面粘上繁笔的铜丝图画，实际上就是把表面分成无数小块，小块面积小，无论热胀冷缩都比较细微，又比较禁得起外力，因而就不至于破裂、剥落。通常谈文艺有一句话，叫内容决定形式。咱们在这儿套用一下，是制作方法和物理决定了景泰蓝掐丝的形式。咱们看见有些景泰蓝上面的图案画，在图案画以外，或是红地，或是蓝地，只要占的面积相当宽，那里就嵌几条曲成图案形的铜丝。为什么一色中间还要嵌铜丝呢？无非使较宽的表面分成小块罢了。

　　粘满了铜丝的铜胎是一件值得惊奇的东西。且不说自在画怎么生动美妙，图案画怎么工整细致，单想想那么多密密麻麻的铜丝没有一条不是专心一志粘上去的，粘上去以前还得费尽心思把它曲成最适当的笔画，那是多么大的工夫！一个二尺半高的花瓶，掐丝就要花四五十个工。咱们的手工艺品往往费大工夫，刺绣，缂丝，象牙雕刻，全都在细密上显能耐。掐丝跟这些工作比起来，可以说不相上下，半斤八两。

　　刚才说铜丝是蘸了白芨浆粘在铜胎上的，白芨浆虽然稠，却经不住烧，用火一烧就成了灰，铜丝就全都落下来了，所以还得焊。先在粘满了铜丝的铜胎上喷水，然后拿银粉、铜粉、硼砂三种东西拌和，均匀地筛在上边，放到火里一烧，白芨成了灰，铜丝就牢牢地焊在铜胎上了。

随后就是放到稀硫酸里煮一下，再用清水洗。洗过以后，表面的氧化物和其他脏东西都去掉了，涂上的色料才可以紧贴着红铜，制成品才可以结实。

于是轮到涂色料的工作了，他们管这个工作叫点蓝。涂上的色料有好些种，不只是一种蓝色料，为什么单叫点蓝呢？原来这种制作方法开头的时候多用蓝色料，当时叫点蓝，就此叫开了（我们苏州管银器上涂色料叫发蓝，大概是同样的理由）。这种制品从明朝景泰年间十五世纪中叶开始流行，因而总名叫景泰蓝。

用的色料就是制颜色玻璃的原料，跟涂在瓷器表面的釉料相类。我们在作场里看见的是一块块不整齐的硬片，从山东博山运来的。这里头基本质料是硼砂、硝石和碱，因所含的金属矿质不同，颜色也就各异。大概含铁的作褐色，含铀的作黄色，含铬的作绿色，含锌的作白色，含铜的作蓝色，含金含硒的作红色……

他们把那些硬片放在铁臼里捣碎研细，筛成细末应用。细末里头不免搀和着铁臼上磨下来的铁屑，他们利用吸铁石除掉它。要是吸得不干净，就会影响制成品的光彩。看来研磨色料的方法得讲求改良。

各种色料的细末都盛在碟子里，和着水，像画家的画桌上一样，五颜六色的碟子一大堆。点蓝工人用挖耳似的家伙舀着色料，填到铜丝界成的各种形式的小格子里。大概是熟极了的缘故，不用看什么图样，自然知道哪个格子里该填哪种色料。湿的色料填在格子里，比铜丝高一些。整个表面填满了，等它干燥以后，就拿去烧。一烧就低了下去，于是再填，原来红色的地方还是填红色料，原来绿色的地方还是填绿色料。要填到第三回，烧过以后，色料才跟铜丝差不多高低。

现在该说烧的工作了。涂色料的工作既然叫点蓝，不用说，烧的工作当然叫烧蓝。一个烧得挺旺的炉子，燃料用煤，炉膛比较深，周围不至于碰着等着烧的铜胎。烧蓝工人把涂好色料的铜胎放在铁架子上，拿着铁架子的弯柄，小心地把它送到炉膛里去。只要几分钟工夫，提起铁架子来，就看见铜胎全体通红，红得发亮，像烧得正旺的煤。可是不大工夫红亮就退了，涂上的色料渐渐显出它的本色，红是红绿是绿的。

涂了三回烧了三回以后，就是打磨的工作了。先用金刚砂石水磨，目的在使成品的表面平整。所谓平整，一是铜丝跟涂上的色料一样高低，二是色料本身也不许有一点儿高高洼洼。磨过以后又烧一回，再用磨刀石水磨。最后用椴木炭水磨，目的在使成品的表面光润。椴木木质匀净，用它的炭来水磨，成品的表面不起丝毫纹路，越磨越显得鲜明光滑。旁的木炭都不成。

椴木炭磨过，看来晶莹灿烂，没有一点儿缺憾，成一件精制品了，可是全部工作还没完，还得镀金。金镀在全部铜丝上，方法用电镀。镀了金，铜丝就不会生锈了。

全部工作是手工，只有待打磨的成品套在转轮上，转轮由马达带动的皮带转动，算是借一点儿机械力。可是拿着蘸水的木炭、磨刀石挨着转动的成品，跟它摩擦，还得靠打磨工人的两只手。起瓜楞的花瓶就不能套在转轮上打磨，因为表面有高有低，洼下去的地方磨不着。那非纯用手工打磨不可。

1955年1月2日作

（原载1955年3月22日《旅行家》月刊第3期）

/叶圣陶散文精选/

故人旧事

他画这些画,
无非为了留住一些刹那间的感受。
我连带想到,
近来受了各方面的督促,
常常要写些回忆老朋友的诗文,
这就有点儿像子恺画在蜘蛛网中央的那个人了。

朱佩弦先生

本志的一位老朋友，也是读者们熟悉的一位老朋友，朱佩弦（白清）先生，于八月十二日去世了。认识他的人都很感伤，不认识他可是读过他的文字，或者仅仅读过他那篇《背影》的人也必然感到惋惜。现在我们来谈谈朱先生。

他是国立清华大学的教授，任职已经二十多年。以前在浙江省好几个中学当教师，也在吴淞中国公学中学部教过书。他毕了北京大学的业就当教师，一直没有间断。担任的功课是国文和本国文学。他的病拖了十五年左右。工作繁忙，处事又认真，经济也不宽裕，又遇到八年的抗战，不能好好地治疗，休养。早经医生诊断，他的病是十二指肠溃疡，应当开割。但是也有医生说可以不开割的，他就只服用了些药品了事。本年八月六日病又大发，痛不可当，才往北大医院开割。大概是身体大亏了，几次消息传来，都说还在危险期中。延了六天，就去世了。他今年五十一岁。

他是个尽职的胜任的国文教师和文学教师。教师有所谓"预备"

的功夫，他是一向做这个功夫的。不论教材的难易深浅，授课以前总要剖析揣摩，把必须给学生解释或提示的记下来。一课完毕，往往满头是汗，连擦不止。看他神色，如果表现舒适愉快，这一课是教得满意了，如果有点紧张，眉头皱起，就可以知道他这一课教得不怎么惬意。他教导学生取一种平凡不过也切实不过的见解：欣赏跟领受这个在了解跟分析，不了解，不分析，无所谓欣赏跟领受。了解跟分析的基础还在语言文字方面，因为我们跟作者接触凭借语言文字，而且单只凭借语言文字。一个字的含糊，一句话的不求甚解，全是了解跟分析的障碍。打通了语言文字，这才可以触及作者的心，知道他的心意中为什么起这么样的波澜，写成这么样的一篇文字或一本书。这时候，说欣赏也好，说领受也好，总之把作者的东西消化了，化为自身的血肉，生活上的补益品。他多年来在语文教学方面用力，实践而外，又写了不少文篇，主要的宗旨无非如此。我们想这是值得青年朋友注意的。好文字好作品拿在手里，如果没有办法对付他，好只在他那里，与我全不相干。意识跟观点等等固然重要，可是不通过语言文字关，就没法彻底了解彻底分析意识跟观点等等。不要以为语言文字只是枝节，要知道离开了这些枝节就没有另外的大事。

他是个不断求知不惮请教的人。到一处地方，无论风俗人情，事态物理，都像孔子入了太庙似的"每事问"，有时使旁边的人觉得他问得有点儿土气，不漂亮。其实这样想的人才是"故步自封"。不明白，不懂得，心里可真愿意明白，懂得，请教人家又有什么难为情的？在文学研究方面，这种精神使他经常接触书刊论文，经常阅读新出的作品，不但理解他们，而且与他们同其呼吸。依一般见解说，身为大学教授，自己自然有已经形成的一套，就把这一套传授给弟子，那是分内的事儿。也很有些教授在这么做，大家也觉得他们是行所当然。可是朱先生不然，他教育青年们，也随时受青年们的教育。单就他对于新诗的见解而论，他历年来关心着新诗的发展，认明新诗的今后的方向，是受着一班青年诗人的教育的，他的一些论诗的文字就是证据。但是，同样在大学里当教授，以及在中学里当教师的，以及非教师的知识分子，很有说新诗是"什么东西"的，简直认为胡闹。若不是朱先生的识力太幼稚短浅，就该是那些人太不理会时代的脉搏了。

他待人接物极诚恳，和他做朋友的没有不爱他，分别时深切的相思，会面时亲密的晤叙，不必细说。他在中学任教的时候就和学生亲近，并不是为了什么作用去拉拢学生，是他的教学和态度使学生自然乐意亲近他，一块儿谈话和玩儿是常事。这也很寻常，所谓教育原不限于教几本书讲几篇文章。不知道怎么，我国的教育偏有些别扭，教师跟学生俨然像个压迫者跟被压迫者，这才见得亲近学生的教师有点儿稀罕，说他好的认为难能可贵，说他坏的就不免说也许别有用心了。他在大学里也还是如此，学生就是朋友，他哪里肯疏远朋友呢？可是他绝不是到处随和的好好先生，他督责功课是严的，没有理由的要求是不答应的，我们想当过他的学生的都可以证明这个话。学生对于好好先生当然不至于有什么恶感，可也不会有太多的好感，尤其不会由敬而生爱。像朱先生那样的教师，实践了古人所说"教学相长"，有亲切的友谊，又有强固的责任感，那才自然而然成为学生敬爱的对象。据报纸所载的北平电讯说，他入殓的当儿在场的学生都哭了。哭当然由于哀伤，而在送死的时候这么哀伤，不是由于平日的敬爱已深吗？

他作文、作诗、编书极为用心，下笔不怎么快，有点儿矜持。非自以为心安的意见决不乱写。不惮烦劳地翻检有关的材料。文稿发了出去发现有些小节目要改动，乃至一个字的不妥，宁肯特写一封信去，把它改了过来才满意。他早期的散文如《匆匆》《荷塘月色》《桨声灯影里的秦淮河》都有点儿做作，太过于注重修辞，见得不怎么自然。到了写《欧游杂记》《伦敦杂记》的时候就不然了，全写口语，从口语中提取有效的表现方式，虽然有时候还带一点文言成分，但是念起来上口，有现代口语的韵味，叫人觉得那是现代人口里的话，不是不尴不尬的"白话文"。当世作者的白话文字，多数是不尴不尬的"白话文"，面貌像个说话，可是绝没有一个人的口里真会说那样的话。又有些全从文言而来，把"之乎者也"换成了"的了吗呢"，那格调跟腔拍却是文言。照我们想来，现代语跟文言是两回事儿，不写口语便罢，要写口语就得写真正的口语。自然，口语还得问什么人的口语，各种人的生活经验不同，口语也就两样。朱先生写的只是知识分子的口语，念给劳苦大众听未必了然。但是，像朱先生那样切于求知，乐意亲近他人，对于语言又有敏锐的感觉，他如果生活在劳苦大众中间，我们料想他必然也能写劳苦大众的口语。话不要说远了，近年来他的文字越见得周密妥帖，可是平淡质朴，读下去真个像跟他面对面坐着，听他亲亲切切的谈话。现在大学里如果开现代本国文学的课程，或者有人编现代本国文学史，论到文体的完美，文字的全写口语，朱先生该是首先被提及的。他早年作新诗不少，后来不大作，可是一直关心着新诗，时常写关于新诗的文字，那些文字也是研究现代本国文学的重要资料。他也作旧体诗，只写给朋友们看看，发表的很少。旧体诗的形式限定了它的内容，一作旧体诗，思想情感就不免跟古人接近，跟现代人远离。作旧体诗自己消遣，原也没有什么，发表给大家看，那就不足为训了。

他的著作出版的记在这里。散文有《踪迹》的第二辑（亚东版，第一辑是新诗），《背影》，《欧游杂记》，《伦敦杂记》（开明版），《你我》（商务版）五种。新诗除了《踪迹》的第一辑之外，又有《雪朝》里的一辑（《雪朝》是八个人的诗集，每人一辑，商务版）。文学论文集有《诗言志辨》（开明版），大旨是我国的文学批评开始于论诗，论诗的纲领是"诗教"跟"诗言志"，这一直影响着历代的文学批评，化为种种的意见跟理论。谈文学的散文有《标准与尺度》（文光版）跟《论雅俗共赏》（观察版）两种，都是近年来的作品。用他自己的话说，他"企图从现代的立场上来了解传统"，"所谓现代的立场，按我的了解，可以说就是'雅俗共赏'的立场，也可以说是偏重俗人或常人的立场，也可以说是近于人民的立场"(《论雅俗共赏》序文中的话)。从这中间可以见出他日进不已的精神。又有《语文零拾》一种(名山版)。《新诗杂话》(作家版)专收论诗之作,谈新诗的倾向跟前途,也谈国外的诗。《经典常谈》(文光版)介绍我国四部的要籍,采用最新最可靠的结论,深入而浅出,对于古典教育极有用处。论国文教学的文字收入《国文教学》(开明版,与圣陶的同类文字合在一块儿)。又有《精读指导举隅》、《略读指导举隅》(商务版,与圣陶合作),这两本书的性质同于教案,希望同行举一而反三。他编的东西有《新文学大系》中的诗选一册(良友版)。去年的大工程是编辑《闻一多全集》(开明版)。今年与吕叔湘先生和圣陶合编《开明高级国文读本》《开明文言读本》,预定各六册,只编到第二册的半中间,他就和他的同伙分手了。

看前面所开的,可知他毕生尽力的不出国文跟文学,他在学校里教的也是这些个。"思不出其位",一点一滴地做去,直到他倒下,从这里可以见到个完美的人格。

(原载《中学生》1948年9月号)

子恺的画

推算起来大概是一九二五年的秋天,那时子恺在立达学园教西洋绘画,住在江湾。那一天振铎和愈之拉我到他家里去看他新画的画。画都没有装裱,用图钉别在墙壁上,一幅挨一幅的,布满了客堂的三面墙壁。是个相当简陋而又非常丰富的个人画展。

有许多幅,画题是一句诗或者一句词,像《卧看牵牛织女星》《翠拂行人首》《无言独上西楼》,等等。有两幅,我至今还如在眼前。一幅是《今夜故人来不来,教人立尽梧桐影》。画面上有梧桐,有站在树下的人,耐人寻味的是斜拖在地上的长长的影子。另一幅是《人散后,一钩新月天如水》。画的是廊下栏杆旁的一张桌子,桌子上凌乱地放着茶壶茶杯。帘子卷着,天上只有一弯新月。夜深了,夜气凉了,乘凉聊天的人散了——画面表现的正是这些画不出来的情景。

此外的许多幅都是从现实生活中取材的,画孩子的特别多。记得有一幅《阿宝赤膊》,两条胳膊交叉护在胸前,只这么几笔,就把小女孩的不必要的娇羞表现出来了。还有一幅《花生米不满足》,后来佩弦谈起过,说看了那孩子争多嫌少的神气,使他想起了"急赖的儿时"。其实描写出内心的"不满足"的,也只是眼睛眉毛寥寥的几笔。

此外还有些什么,我记不清了;当时看画的还有谁,也记不清了。大家看着墙壁上的画说各自的看法,有时也发生一些争辩。子恺谢世后我写过一首怀念他的诗,有一句"漫画初探招共酌",记的就是那一天的事。"共酌"是共同斟酌研讨,并不是说在子恺家里喝了酒。总之,大家都赞赏子恺的画,并且怂恿他选出一部分来印一册画集,那就是一九二五年底出版的《子恺漫画》。

那一天的欢愉是永远值得怀念的。子恺的画开辟了一个新的境界,给了我一种不曾有过的乐趣。这种乐趣超越了形似和神似的鉴赏,而达到相与会心的感受。就拿以诗句为题材的画来说吧,以前读这首诗这阕词的时候,心中也曾泛起过一个朦胧的意境,正是子恺的画笔所抓住的。而在他,不是什么朦胧的了,他已经用极其简练的笔墨,把那个意境表现在他的画幅上了。

从现实生活中取材的那些画,同样引起我的共鸣。有些事物我也曾注意过,可是转眼就忘记了;有些想法我也曾产生过,可是一会儿就丢开,不再去揣摩了。子恺却有非凡的能力把瞬间的感受抓住,经过提炼深化,把它永远保留在画幅上,使我看了不得不引起深思。

隔了一年多,子恺的第二本画集出版了,书名直截了当,就叫《子恺画集》。记得这第二本全都从现实生活取材,不再有诗句词句的题材了。当时我想过,这样也好,诗词是古代人写的,画得再好,终究是古代人的思想感情。"旧瓶"固然可以"装新酒",那可不是容易的事,弄得不好就会落入旧的窠臼。现实生活中可画的题材多得很,尤其是子恺,他非常善于抓住瞬间的感受,正该从这方面舒展他的才能。

佩弦的意见跟我差不多,他在《子恺画集》的跋文中说:"本集索性专载生活的速写,却觉精彩更多。"他称赞的《瞻瞻的车》和《阿宝两只脚,凳子四只脚》,这几幅都是我非常喜欢的。还有佩弦提到的《东洋和西洋》和《教育》,我也认为非常有意思。《东洋和西洋》画一个大出丧的行列,开路的扛着"肃静""回避"的行牌,来到十字路口,让指挥交通的印度巡捕给拦住,横路上正有汽车并过——东方的和西方的,封建的和殖民地的,在十字路口碰头了,真是耐人深思的一瞬间啊!《教育》画的是一个工匠在做泥人,他板着脸,把一团一团泥使劲往模子里按,按出来的是一式一样的泥人。是不是还有人在认真地做这个工匠那样的工作呢?直到现在,还值得我们深刻反省。

第二本画集里还有好些幅工整的钢笔画。其中的《挑荠菜》《断线鹞》《卖花女》,曾经引起当时在北京的佩弦对江南的怀念。我想,要是我再看这些幅画,一定会像佩弦一样怀念起江南、怀念起儿时来。扉页上还有一幅钢笔画,画一个蜘蛛网,粘着许多花瓣儿,中央却坐着一个人。扉页背面印上了两句古人的词:"檐外蛛丝网落花,也要留春住。"这样看来,蜘蛛网中央的人就是子恺自己了。他大概要说明，他画这些画，无非为了留住一些刹那间的感受。我连带想到，近来受了各方面的督促，常常要写些回忆老朋友的诗文，这就有点儿像子恺画在蜘蛛网中央的那个人了。

1981年7月2日作

（原载1981年9月《百科知识》第9期）

两法师

在到功德林去会见弘一法师的路上，怀着似乎从来不曾有过的洁净的心情；也可以说带着渴望，不过与希冀看一出著名的电影剧等的渴望并不一样。

弘一法师就是李叔同先生，我最初知道他在民国初年；那时上海有一种《太平洋报》，其艺术副刊由李先生主编，我对于副刊所载他的书画篆刻都中意。以后数年，听人说李先生已经出了家，在西湖某寺。游西湖时，在西泠印社石壁上见到李先生的"印藏"。去年子恺先生刊印《子恺漫画》，丏尊先生给它作序文，说起李先生的生活，我才知道得详明些；就从这时起，知道李先生现在称弘一了。

于是不免向子恺先生询问关于弘一法师的种种，承他详细见告。十分感兴趣之余，自然来了见一见的愿望，就向子恺先生说了。"好的，待有机缘，我同你去见他。"子恺先生的声调永远是这样朴素而真挚的。以后遇见子恺先生，他常常告诉我弘一法师的近况：记得有一次给我看弘一法师的来信，中间有"叶居士"云云，我看了很觉惭愧,虽然"居士"不是什么特别的尊称。

前此一星期,饭后去上工,劈面来三辆人力车。最先是个和尚,我并不措意。第二是子恺先生,他惊喜似地向我点头。我也点头,心里就闪电般想起"后面一定是他"。人力车夫跑得很快,第三辆一霎经过时,我见坐着的果然是个和尚,清癯的脸,颔下有稀疏的长髯。我的感情有点激动,"他来了!"这样想着,屡屡回头望那越去越远的车篷的后影。

第二天,就接到子恺先生的信,约我星期日到功德林去会见。

是深深尝了世间味,探了艺术之宫的,却回过来过那种通常以为枯寂的持律念佛的生活,他的态度该是怎样,他的言论该是怎样,实在难以悬揣。因此,在带着渴望的似乎从来不曾有过的洁净的心情里,还挼着些惝悦的成分。

走上功德林的扶梯,被侍者导引进那房间时,近十位先到的恬静地起立相迎。靠窗的左角,正是光线最明亮的地方,站着那位弘一法师,带笑的容颜,细小的眼眸子放出晶莹的光。丏尊先生给我介绍之后,叫我坐在弘一法师的侧边。弘一法师坐下来之后,就悠然数着手里的念珠。我想一颗念珠一声"阿弥陀佛"吧。本来没有什么话要向他谈,见这样更沉入近乎催眠状态的凝思,言语是全不需要了。可怪的是在座一些人,或是他的旧友,或是他的学生,在这难得的会晤时,似乎该有好些抒情的话与他谈,然而不然,大家也只默然不多开口。未必因僧俗殊途,尘净异致,而有所矜持吧。或许他们以为这样默对一二小时,已胜于十年的晤谈了。

晴秋的午前的时光在恬然的静默中经过,觉得有难言的美。

随后又来了几位客,向弘一法师问几时来的,到什么地方去那些话。他的回答总是一句短语;可是殷勤极了,有如倾诉整个心愿。

因为弘一法师是过午不食的,十一点钟就开始聚餐。我看他那曾经挥洒书画弹奏钢琴的手郑重地夹起一荚豇豆来,欢喜满足地送入口中去咀嚼的那种神情,真惭愧自己平时的乱吞胡咽。

"这碟子是酱油吧?"

以为他要酱油,某君想把酱油碟子移到他前面。

"不,是这位日本的居士要。"

果然,这位日本人道谢了,弘一法师于无形中体会到他的愿欲。

石岑先生爱谈人生问题,著有《人生哲学》,席间他请弘一法师谈些关于人生的意见。

"惭愧,"弘一法师虔敬地回答,"没有研究,不能说什么。"

以学佛的人对于人生问题没有研究,依通常的见解,至少是一句笑话。那么,他有研究而不肯说么?只看他那殷勤真挚的神情,见得这样想时就是罪过。他的确没有研究。研究云者,自己站在这东西的外面,而去爬剔、分析、检察这东西的意思。像弘一法师,他一心持律,一心念佛,再没有站到外面去的余裕。哪里能有研究呢?

我想,问他像他这样的生活,觉得达到了怎样一种境界,或者比较落实一点儿。然而健康的人不自觉健康,哀乐的当时也不能描状哀乐；境界又岂是说得出的？我就把这意思遣开，从侧面看弘一法师的长髯以及眼边细密的皱纹，出神久之。

饭后，他说约定了去见印光法师，谁愿意去可同去。印光法师这个名字知道得很久了，并且见过他的文抄，是现代净土宗的大师，自然也想见一见。同去者计七八人。

决定不坐人力车，弘一法师拔脚就走，我开始惊异他步履的轻捷。他的脚是赤着的，穿一双布缕缠成的行脚鞋。这是独特健康的象征啊，同行的一群人哪里有第二双这样的脚。

惭愧，我这年轻人常常落在他背后。我在他背后这样想。

他的行止笑语，真所谓纯任自然，使人永不能忘。然而在这背后却是极严谨的戒律。丏尊先生告诉我，他曾经叹息中国的律宗有待振起，可见他是持律极严的。他念佛，他过午不食，都为的持律。但持律而到达非由"外铄"的程度，人就只觉得他一切纯任自然了。

似乎他的心非常之安，躁忿全消，到处自得；似乎他以为这世间十分平和，十分宁静，自己处身其间，甚而至于会把它淡忘。这因为他把所谓万象万事划开了一部分，而生活在留着的一部分内之故。这也是一种生活法，宗教家大概采用这种生活法。

他与我们差不多处在不同的两个世界。就如我，没有他的宗教的感情与信念，要过他那样的生活是不可能的。然而我自以为有点儿了解他，而且真诚地敬服他那种纯任自然的风度。哪一种生活法好呢？这是愚笨的无意义的问题。只有自己的生活法好，别的都不行，夸妄的人却常常这么想。友人某君曾说他不曾遇见一个人他愿意把自己的生活与这个人对调的，这是踌躇满志的话。人本来应当如此，否则浮漂浪荡，岂不像没舵之舟？然而某君又说尤其要紧的是同时得承认别人也未必愿意与我对调。这就与夸妄的人不同了；有这么一承认，非但不菲薄别人，并且致相当的尊敬。彼此因观感而潜移默化的事是有的。虽说各有其生活法，究竟不是不可破的坚壁；所谓圣贤者转移了什么什么人就是这么一回事。但是板着面孔专事菲薄别人的人决不能转移了谁。

到新闸太平寺，有人家借这里办丧事，乐工以为吊客来了，预备吹打起来。及见我们中间有一个和尚，而且问起的也是和尚，才知道误会，说道，"他们都是佛教里的。"

寺役去通报时，弘一法师从包袱里取出一件大袖僧衣来（他平时穿的，袖子与我们的长衫袖子一样），恭而敬之地穿上身，眉宇间异样地静穆。我是欢喜四处看望的，见寺役走进去的沿街的那个房间里，有个躯体硕大的和尚刚洗了脸，背部略微佝着，我想这一定就是了。果然，弘一法师头一个跨进去时，就对这位和尚屈膝拜伏，动作严谨且安详。我心里肃然。有些人以为弘一法师该是和尚里的浪漫派，看见这样可知完全不对。

印光法师的皮肤呈褐色，肌理颇粗，一望而知是北方人；头顶几乎全秃，发光亮；脑额很阔；浓眉底下一双眼睛这时虽不戴眼镜，却用戴了眼镜从眼镜上方射出眼光来的样子看人，嘴唇略微皱瘪，大概六十左右了，弘一法师与印光法师并肩而坐，正是绝好的对比，一个是水样的秀美，飘逸，一个是山样的浑朴，凝重。

弘一法师合掌恳请了，"几位居士都欢喜佛法，有曾经看了禅宗的语录的，今来见法师，请有所开示，慈悲，慈悲。"

对于这"慈悲，慈悲"，感到深长的趣味。

"嗯，看了语录。看了什么语录？"印光法师的声音带有神秘味。我想这话里或者就藏着机锋吧。没有人答应。弘一法师就指石岑先生，说这位先生看了语录的。

石岑先生因说也不专看哪几种语录，只曾从某先生研究过法相宗的义理。

这就开了印光法师的话源。他说学佛须要得实益，徒然嘴里说说，作几篇文字，没有道理；他说人眼前最要紧的事情是了生死，生死不了，非常危险；他说某先生只说自己才对，别人念佛就是迷信，真不应该。他说来声色有点儿严厉，间以呵喝。我想这触动他旧有的忿忿了。虽然不很清楚佛家的"我执""法执"的涵蕴是怎样，恐怕这样就有点儿近似。这使我未能满意。

弘一法师再作第二次恳请，希望于儒说佛法会通之点给我们开示。

印光法师说二者本一致，无非教人父慈子孝兄友弟恭等等。不过儒家说这是人的天职，人若不守天职就没有办法。佛家用因果来说，那就深奥得多。行善就有福，行恶就吃苦。人谁愿意吃苦呢？——他的话语很多，有零星的插话，有应验的故事，从其间可以窥见他的信仰与欢喜。他显然以传道者自任,故遇有机缘不惮尽力宣传;宣传家必有所执持又有所排抵,他自也不免。弘一法师可不同,他似乎春原上一株小树,毫不愧怍地欣欣向荣,却没有凌驾旁的卉木而上之的气概。

在佛徒中,这位老人的地位崇高极了,从他的文抄里,见有许多的信徒恳求他的指示,仿佛他就是往生净土的导引者。这想来由于他有很深的造诣,不过我们不清楚。但或者还有别一个原因:一般信徒觉得那个"佛"太渺远了,虽然一心皈依,总不免感到空虚;而印光法师却是眼睛看得见的,认他就是现世的"佛",虔敬崇奉,亲接謦咳,这才觉得着实,满足了信仰的欲望。故可以说,印光法师乃是一般信徒用意想来装塑成功的偶像。

弘一法师第三次"慈悲,慈悲"地恳求时,是说这里有讲经义的书,可让居士们"请"几部回去。这个"请"字又有特别的味道。

房间的右角里,袋钉作似的,线装、平装的书堆着不少:不禁想起外间纷纷飞散的那些宣传品。由另一位和尚分派,我分到黄智海演述的《阿弥陀经白话解释》,大圆居士说的《般若波罗蜜多心经口义》,李荣祥编的《印光法师嘉言录》三种。中间《阿弥陀经白话解释》最好,详明之至。

于是弘一法师又屈膝拜伏,辞别。印光法师点着头,从不大敏捷的动作上显露他的老态。待我们都辞别了走出房间,弘一法师伸两手,郑重而轻捷地把两扇门拉上了。随即脱下那件大袖的僧衣,就人家停放在寺门内的包车上,方正平帖地把它折好包起来。

弘一法师就要回到江湾子恺先生的家里，石岑先生予同先生和我就向他告别。这位带着通常所谓仙气的和尚，将使我永远怀念了。

我们三个在电车站等车，滑稽地使用着"读后感"三个字，互诉对于这两位法师的感念。就是这一点，已足证我们不能为宗教家了，我想。

1927年10月8日作

夏丏尊先生逝世

我们要告诉读者诸君一个哀痛的消息,夏丏尊先生在上月二十三日下午九点三刻逝世了。他害了肺病,一直没有注意,不知道染上了多久。发觉害病在去年夏秋之交,休养了一些日了,到胜利消息传来的时候,已经好起来,当夜的过度兴奋使他没有睡觉。再度发病在今年一月间,起初是不能出门,后来就不能离床,延续三个月,终于不治而死。他享年六十一岁。

本志在十九年创刊,夏先生是创刊当时的主编人。他与我们一班朋友不办旁的杂志,却办《中学生》,老实说,由于我们不满意当前的学校教育。学生在学校里,应该名副其实地受教育,可是看看实际情形,学生只得到些僵化的知识。僵化的知识可以作生活的点缀品,这也懂得一些,那也懂得一些,就可以摆起知识分子的架子来,但是,僵化的知识不能化为好习惯,在生活上终身受用。夏先生写过一篇《受教育与受教材》,阐明的就是这层意思。我们想,尽我们的微力,或许对于学生界有些帮助吧,于是办起《中学生》来。我们自知

夏丏尊先生逝世

所知所能都很有限，不敢处于施与者的地位，双手捧出一套东西来，待读者诸君全盘承受。我们只能与读者诸君处于同等地位，彼此商商量量，共学互勉，就在这中间受到一些名副其实的教育。我们说"帮助"，意思就在于此。这个作风是夏先生开创的，后来杂志虽然不归他编了，作风可没有改变。现在夏先生离开我们了，我们自然要继承他的遗志，凭本志给学生界一些帮助，永远不改变。

在目前的读者诸君中，认识夏先生的想来不多。但是，由于本志，由于他所著译的《平屋杂文》《爱的教育》等书，由于他参加创办的开明书店，心目中有个夏先生在的，为数一定不少。现在我们宣布夏先生逝世的消息，诸君该会恻然伤神，悼念这位神交的朋友。在这儿，容我们叙述关于夏先生的几点，供诸君悼念他的时候参考。

夏先生幼年在家塾读书，学作八股文，十六岁上考取了秀才。十七岁开始受新式教育，考进上海的中西学院，只读了一学期。十八岁进绍兴府学堂，也只读了一学期。后来往日本留学，先进宏文学院普通科。没等到毕业，考进东京高等工业学校。不到一年，就因费用不给回国，开始当教员，那时他二十一岁。他受学校教育的时期非常之短，没有在什么学校毕过业，没有领过一张毕业文凭。他对于社会人生的看法，对于立身处世的态度，对于学术思想的理解，对于文学艺术的鉴赏，都是从读书、交朋友、面对现实得来的，换一句说，都是从自学得来的。他没有创立系统的学说，没有建立伟大的功业，可是，他正直地过了一辈子，识与不识的人一致承认他有独立不倚的人格。自学能够达到这个地步，也就是大大的成功了。如果有怀疑自学的人，我们要郑重地告诉他，请看夏先生的榜样。

夏先生当教师，没有什么特别的秘诀，用两句话就可以概括：对学生诚恳，对教务认真。人生在世，举措有种种，方式也有种种，可是扼要说来，不外乎对人对事两项。对学生诚恳，对教务认真，在教师的立场上，可以说已经抓住了对人对事两项的要点。所以他的许多学生虽然已届中年，没有不感到永远乐于与他亲近的。分处两地的写信给他，同在一地的时常去看望他，与他谈论或大或小的事，向他表示种种的关切。偶尔有几个见解与他违异，或者因为行为不检，思想谬误，受过他当面或背后的指斥，他们仍然真心地爱他，口头心头总是恭敬地叫他"夏先生"。在他殒殁的那一天，他的一位学生朱苏典先生走进殡仪馆就含着眼泪，眼圈红红的，直到遗体入殓，没有能抑制他的悲戚。朱先生五十光景了，已经留须，牙齿也有脱落，看见这么一位老学生伤悼他的老师，真令人感动，同时觉得必须是这样的老师才不愧为老师。目前的教育要彻底改革，已经毫无疑问，可是教育无论如何改革，总得通过教师才会见实效。我们期望像夏先生那样的教师逐渐多起来，配合着今后政治经济种种的改革，守住教育的岗位，对学生诚恳，对教务认真。

上月二十二日上午，距离夏先生逝世三十四小时半，夏先生朝社友叶圣陶说了如下的话："胜利，到底啥人胜利——无从说起！"说这话以前，他已曾昏迷过好几回，说这话的时候却是清醒的，病容上那副悲天悯人的神色，令人永远不忘。胜利消息传来的那一夜他兴奋得睡不成觉，在八个月之后，在他逝世的前一天，却勉力挣扎说出这样的话来，可见几个月来他的伤痛很深。他那伤痛不是他个人的，是我国全体老百姓的，老百姓经历了耳闻目睹以及身受的种种，谁不伤痛，谁不想问一声"胜利，到底啥人胜利？"自私自利的那批家伙太可恶了，他们攘夺了老百姓的胜利，以致应分得到胜利的老百姓得不到胜利。但是我们要虔敬地回答夏先生，胜利终会属于老百姓的，这是事势之必然。老百姓要生活，要好好地生活，要物质上精神上都够得上标准的生活，非胜利不可。胜利不到手，非努力争取不可。努力复努力，争取复争取，最后胜利属于老百姓。夏先生，你安心地休息吧，待你五年祭十年祭的时候，我们将告诉你老百姓已经得到了胜利的消息。

1946年5月作

回忆瞿秋白先生

认识秋白先生大约在民国十一二年间，常在振铎兄的寓所里碰见。谈锋很健，方面很广，常有精辟的见解。我默默地坐在旁边听，领受新知异闻着实不少。他的身子不怎么好，瘦瘦的胳膊，细细的腰身，一望而知是肺病的形式。可是他似乎不甚措意这个。曾经到他顺泰里的寓所去过，看见桌上"拍勒托"跟白兰地的瓶子并排摆着，谈得有劲就斟一杯白兰地。

他离开了上海就没有再见着他，只从报上知道他的消息。后来他给《中学生》写过稿子，篇名现在记不起了，是从朋友手里辗转递来的，不知道他是不是秘密地住在上海。那稿子好像是斥责托洛斯基的。最后知道他被捕了，被杀了。直到今年碰见之华，之华告诉我秋白先生有一些材料，遗嘱说可以交给我，由我作小说。之华没有说明是什么样的材料，我也没有追问。我自己知道我作小说是不成的，先前胆大妄为，后来稍稍懂得其中的甘苦，就觉得见识跟功夫都够不上，再不敢胡乱欺人。因而听见有一些材料的话，也引不起姑且来试试的野心。

鲁迅先生编辑秋白先生的《海上述林》是大可令人感动的。搜辑，编排，校对，装帧，一丝不苟，事事躬亲，这中间贯彻着超过寻常友谊的崇高精神。朋友们分到一部，读了秋白先生的大部分述作，也感染了这种崇高精神。鲁迅先生写赠秋白先生的集句对联道："人生得一知己足矣，斯世当以同怀视之。"这副对联挂在许广平先生上海寓所的客室里。每一次抬头观玩，就觉得他们两位精心研讨，唯愿文化普及而且提高的情景如在目前，自然使人志愿奋发，不敢贪懒。——可惜我的一部《海上述林》在抗战期间给人拿走了。

《乱弹及其他》还是最近才借到的，翻过一下，没有细看，这中间谈到拼音文字的问题，写作上运用语言的问题。中国文字拉丁化的字母是秋白先生选定的。写作上运用的语言，在白话文运动当时没有详细研讨，大家各随其便，保持文言的语汇跟句式，仿效欧洲的语汇跟句式，只不过换上些"的了吗呢"，结果成了一种能看而不便说不便听的语言，跟文言一样。没有想到改革应该改换个源头，文言的源头在目。改换过来就得在口在耳，才能够切合当前的生活，表达现代的心声。到如今，不满意白话文的人多起来了，要写俗话，要写工农大众的语言。如果推究关心这个问题谁最早，就要数秋白先生了。

他的全集必须好好地编，分类要分得精密，排次要按时期先后，校对要像鲁迅先生那样认真，还要有翔实的传记或者年谱。

邻舍吴老先生

　　一天早晨，太阳很好，可没见同院的吴老先生出来晒他的手提皮箱。一打听知道他病倒了。说是病其实不大贴切，既不发烧，又没什么痛楚，不过头脑有些儿发胀，胸口有些儿发闷，就懒得起来。他那儿子任夫先生，一个公务员，对我解释道："只为昨天表兄来了，随随便便说了一句话。"

　　"什么话呢？"

　　"家父问他家乡情形怎么样，他说秩序还不错，地方上跟日本人处得很好，日本人常常说，你们这儿的人是最出色的中国人。就是这一句话。"

　　"他老先生听了怎么说？"

　　"他听了闭上眼睛皱着眉，不说什么。半晌才看定了我，'我决意做迁川第一代世祖了。'他说，'最出色的中国人，日本人亲口评定的，咱们不能跟他们一伙儿住。我是老了，无所谓，你还年轻，还有小林儿，我希望你们的骨头有些斤两。四川也好，就住四川吧。往后有人问你贵处哪儿,你就说敝籍四川。千万不要把家乡的名儿说出来。打这会子起,我对家乡的名儿感到羞愧,我不好意思再说我是某地方人。'他老人家说了这么些话,到夜就没有吃晚饭。"

"他老先生原是最巴望回去的,听说成渝铁路又将动工他高兴,听说盟国在计划发展民航事业他高兴,今儿胜利等不到明儿动身似的。"

"你看他见着太阳总不忘晒他的手提皮箱,只怕动身日子一到,为了晒皮箱耽搁。"

"他老先生真的就横了心,不想回去了吗?"

"我想也不过说说罢了。昨天他说了,我当然顺着他,说做四川人也好。到那一天把日本人赶了出去,我们还不是钻头觅缝想办法,最好挤上头一班下水船?我们为什么不回去?你想,人家是动也没动一动,死守在本乡本土,当顺民,当小汉奸,到了那个时候,他们哪儿还说得嘴响?我们可完全不一样,我们是吃尽辛苦,跑了几千里路,跟着政府内迁的,我们是义民——谁说的,一下子想不起来了,总之没有错,我们是义民。地方上有什么事啊务的,还不该由我们来承当?就是说两句公众话,我们的当然也特别有力量。我们为什么不回去?"

我虽然跟他们吴氏父子一样,家乡还在沦陷中,自己是寄寓在四川,可没有想到将来回去可以享受特殊权益。像任夫先生说的。我想这个想头有些妙,一时说不下去,只见任夫先生嫌他的身材不够高似的,狠狠地挺了一挺。

两天过去，吴老先生好了，可是从此以后，太阳虽然，再没见他晒他的手提皮箱。廊沿前他种着两盆石斛，以前几乎见我一回说一回，石斛这东西滋阴，清内热，煎汤喝是最妙的饮料，回去的时候一定要带着走，哪怕多花些脚力，川石斛，在下江是太名贵了，这些话现在他也不再说了。

他改变了不出门的习惯，正月初七游草堂寺，春二三月青羊宫赶花会，四月初八望江楼看放生，有什么应景的名目他都要去看看。回来就气吁吁地躺在廊下那张竹榻上，见着我或是他儿子，往往说"成都确也不错，成都确也不错……"，有时还加上说："只是菜吃不惯，住了足足六个年头还没有惯，样样要加些花椒面和辣子，还有葱蒜，简直是跟舌头鼻子为难。"

门前有挑着树苗卖的，随便讲价讲成了，他老先生买了两株橘树苗。他叫他儿子种在院子里，他在一旁相度，两株该距离多少远将来才可以各自发展。种停当了，他坐下来，自言自语道："开花，总得七八年；结果，总得十来年吧。不过没关系，反正有人闻它的花香，吃它的橘子就是了。"

从橘子谈到了四川省的水果。他说除了橘子、广柑、苹果、龙眼以外，其他都不好吃，尤其是枇杷，一层厚皮包着几颗核儿，单单忘了长肉。他说他们家里有两株大枇杷树，每年结上五六担，红毛白沙，个儿有核桃大，甜得胜过冰糖，冰糖没有它那股鲜味。他说现在是采枇杷的时令了。

他沉默了一会儿，突然朝我说："叶先生，古人说到处为家，你看是不是有些道理？"

"人不比树木，树木生根在地里，移动不得，人当然可以到哪儿住哪儿。"我迎合老先生的意思。

"你看，这儿四川这么多人，打听他们的祖先，都是旁的地方来的。他们来了，住下了，一样在这儿成立了家业，长养了子孙。"

任夫先生朝我看看，同时擦掉他手掌心的土。

吴老先生低下头，喃喃地念着不知道哪儿来的文句："其俗柔靡，人轻节义……"

1944年5月5日作

好友宾若君

前晚,善儿将睡,倦意已笼住他的眉目,忽然懊丧地说:"听济昌说,明天他要跟着祖父母母亲回苏州去了。"

济昌跟善儿同班,是善儿最好的朋友。当善儿说起学校里的玩戏时,我们往往不待思索地问:"是不是跟济昌?"或者陈说功课的成绩时,我们也常常会问:"那么济昌的成绩怎样?"

听善儿这么说,知道离别之感侵入他的心了。而在我,更触动了似已淡忘而实在是有意避开的生死之感,于是颇觉凄然。

济昌的父亲宾若君,我永远纪念的好友,是给火车轮碾伤而惨死的。在我粘贴照片的簿子里,有他一帧半身的遗像,我在上边题着"是具真诚能实行的教育家"十一个字。

宾若君在甪直当高小学校校长,先后邀伯祥与我去当教员。本来是同学,犹如亲兄弟一样,复为同事,真个手足似地无分彼此,只觉各是全体的一部分。我因年轻不谙世故,当了几年教师,只感到这一途的滋味是淡的,有时甚且是苦的;但自从到甪直以后,乃恍然有悟，原来这里头也颇有甜津津的味道。

宾若君不好空议论，当然也不作现在所谓宣传性质的文字，他对于教育只是"认真"，当一件事去干。在到甪直之前，他在诗人所萦系的虎丘下的七里山塘当小学校长。山塘的店家每看宾若君的往还作他们的时计；而学生家属有难决的事，如关于疾病资产营业等的，宾若君往往是他们的重要顾问：这就见得他不单是个教读书写字的教师。

我与他同事以后，只觉得他的诚恳远过于我，竟略带压迫的力量。学生偶犯过失，他招犯过失的学生到他的办事室里详细地开导，严正而慈祥，往往是一点钟两点钟。末了，那学生擦着悔悟的眼泪退出来，宾若君自己的眼眶也好像湿润了。他热心于卫生常识的传授，以为这是一切的基本，所以讲刷牙齿洗澡等每至两三星期，讲了之后，见学生一一照着做了，他才放心。

他并不主张什么教育什么教育，像其他的教育工作者。

他的唱歌是学生时代早著名的，曼声徐引，有女性的美而无其靡。课毕，学生回去了，我们有时沽酒小酌，酒既半醺，他按拍而歌，双颜红润，殊觉可爱。数阕以后，歌者听者皆觉无上快适，已消散了积日的辛劳。

我对他也有不满意之点，就在他略带粘滞的性质。他总是"三思而后行"，而我以为未免多了一思或两思。但是轻忽偾事的先例正多呢，像他这样审虑再四，欲行又止，即从最平常的方面说，也未必不

101

因而少债了几件事。所以我的不满意只因彼此的气质有不同罢了。

那年暑假已过，我因父亲去世，移家住用直。宾若君家里有事，来了又回去，说两三天就来。但是第三天没有来。他是不肯失约的，这不来颇使我们疑怪，揣度的结论是他害病了。次日傍晚，两条航船都已泊在埠头，连船夫也散得渺无踪影，而他仍杳然。我与伯祥回家，正在谈论不知他的病重不重，那每晚来一趟的瘦脸邮差送信来了。伯祥接信，看了看，似乎放心又略带惊讶地说：

"果然，他病了，这是他的老太爷写的。"

"啊！"伯祥抽出信笺看，突然叫起来。我赶忙凑近去看，八九行的话，似乎个个字是生疏的，重看一遍方才明白。信里说宾若君在昆山下车，车尚未停稳，失足陷入月台与车身之间，致下身被轧受伤甚重；现由路局送回苏州，入福音医院医治；医生说暂时没有把握，要看一两天内经过情形再说。

这消息于我们真是一声霹雳似地震撼；也不是悲伤，也不是惊惶，实在无以名心头一时的情状。想到这个具有真诚的心的可贵的躯体正淌着红血，想到老年的父母亲爱的哥哥正在伤心这猝然降临的不幸，我们的心都麻木了……

次日，这消息震荡了全校的心，有如突然来了狂飙。

又次日，我们买舟到苏探视。原是怀着寒怯的心情的，到望见福音医院低低的围墙时，全身仿佛被束缚了，不相信等会儿会有登岸跨进门去的勇气。"但愿是梦里吧！"这样无聊地想。

真同梦里一样，恍惚地登岸，恍惚地进医院的门。繁密的绿叶遮蔽了下射的阳光，细沙路阴森森的，树以外飘来礼拜堂里唱颂祷诗的沉静而稍带悲哀的声音，一缕哀酸直透心胸，我流泪了。

前边来了宾若君的大哥勖初君，我们迎上去问，差不多都噤口了，只简短地低低说："怎样？"

勖初君的眼睛网着红丝，惘然的，想来已经过度失眠而且流了好些眼泪吧。他摇头默叹，说宾若君失血太多了，至于十之六七，大半身无处不烂，肠也有被轧出来的，简直无望了。

立刻要去看见的是个未死而被判定必死的好友，还能有余裕想什么！无形的大石块早已紧紧压住我们了。我们承着这无形的大石块踅进病房，一切所见全是浮泛的，也不曾嗅到病房里特有的药气或者其他气味。

宾若君盖在红色的被单之下，这个想是医院里特别预备来混淆可怕的血迹，以减轻视疾者的忧惧的吧。但是我们明知这里掩盖着半截腐烂了的身体，虽用红色，又有什么用呢？他的脸色纯乎灰白，眼睛时时张开，头发乱结像衰草。他神志还清，抬起眼来望着我们，说："你们来看我了，谢谢。我的毛病……学校……唷……唷……"一阵剧痛打断了他的话。

除了"你放心养病，一切都有我们在"这样虚空的安慰语，还有什么可说的？不知怎样的，两条腿就把我们载出这间病室，与直躺着的宾若君分别了。伤心呵，这就是永远永远的分别，我竟不曾仔细地多看他一眼。

记得床头站着个悲伤的影子，默默的，低头，是宾若君的夫人。

受伤后的七天，宾若君才离开了人世。我因牵于校课，不曾去送殓。后来知道，宾若君在最后的两三天里是吃尽了剧烈的痛楚的。血流得越多，残破的肌肉和内脏越发不可收拾，痛觉也越见厉害。不知几千百回的沉吟哀号，不知几千百回的辗转反侧，使在旁侍奉的人想不出一点儿办法。医生给他打吗啡针，麻醉他的痛觉，但是不见有效，还是一阵阵的痛。后来他实在担当不住了，对自己的命运也已明白，含着眼泪哀恳他的二哥致觉君说："二哥，你是我的亲哥哥，疼我的，请设法让我早点儿死吧！"

致觉君是个诚笃的人，虽然万分伤心，却同意宾若的要求，就去与医生商量。

把病人看做死物一般的医生只是摇头；他们对于病人亲属的眼泪和哀泣，视同行云流水，无所动心。

"他不是绝对没有希望了么？"

"是的，绝对没有希望。"

"他当不起强烈的痛楚呢！"

"我们能够做的，就是给他打针。"

"打了针还是痛。"

"这就没有办法了。"

"与其听他多延时刻，多吃痛苦，还不如让他早点儿解脱，这是我们对于他的唯一帮助，我们是人，人有同情心，不这样做是我们的罪过！"

"向来没有这个办法。"

"哥罗仿（三氯甲烷）之类，你们不是惯用的么？只要分量适合，给他一嗅，就完事了。"

"我不能依你，因为我是医生。"

"病人自己愿意。"

"不相干。"

"我用病人的亲哥哥的名义给你写笔据，并且签字在上面！"致觉君郁悒久了的心情一不自禁，泪珠与哭声迸裂而出，鹘落地跪在医生面前，"医生，我求你，求你的仁慈，请你依我的话！该是犯罪，是杀人，都由我承当！"

"但是医生的宣誓是决不弄死一个还有一线生机的生命。"

"不管病人比死还难堪的痛苦么？"

"虽然痛苦，生机未尽的决不能绝灭他的生机。"

"这是人情么！"致觉君转为愤愤了。

"不问人情不人情，当医生就得如此。"医生还是那样冷静。

于是致觉君只得怀着自己害了弟弟似的歉意再去坐在宾若的榻前，直看他的生命一丝一丝地自己断绝。

宾若君受伤的消息才传出的时候，好些人就开始"逐鹿"，希望继任校长；他们用了各色各样的方法，有巧捷的，也有拙劣的，这且不说。到他的死信传来，学校里立刻笼罩着一重惨雾，却是千真万确的事实。特地为他唱追念的歌，特地为他刻碑砌入教务室的墙壁，都是凭神灵如在的信念来作的。

开追悼会的一天，致觉君出席致感谢。还没有开口，出于天性的友爱的眼泪先已流满两颊，开口时是凄苦的声音，我忍不住，低下头来哭了。

各有各的伤心，可以达到同样的深度而各异其趣，所以说谁最伤心其实是不合的。但是据传闻的消息，宾若君的母亲太伤心了。她因宾若君死于火车，视火车如残暴的恶魔。可是住家贴近西城，每天城外来往的火车不知经过多少回，就得听不知多少回凄厉的汽笛。她听着，心就震荡了，仿佛还将夺去她的别的宝贝！有时惘然失神了，有时泫然掉泪了。忧伤痛苦笼罩她的一切，差不多没法继续她的生活。

关于招魂之类的方术经人推荐，就时时一试。这当然是迷信；但是只要想起母性的生死不渝的爱，你就不会有那种心存鄙弃的轻薄想头了。

其中一个术者声誉最高，也说得最动听。她说宾若君已在某某菩萨座旁为童子，光明而快乐；如果生者多多给他念些经卷，升天成佛是十分稳当的。

这是一条新的道路！她开始念经，凭着坚强的信念，以为果得升天成佛，也就差足安慰。直到现在，念经是她的日课——将永远是她的日课了。

然而念经完全替代了忧伤痛苦么？此殊未必，有一事可以证明。前年江浙战争，他们全家搬来上海，住在致觉君那里。每天下午没到四点半，她就倚着楼廊的栏杆，望致觉君归来。望到了，这才安心，知道放出去的宝贝重复回到掌中。致觉君偶或因事迟归，虽经先期禀明，她必对灯等候，直到看见儿子的笑容确已呈现于面前，然后去睡。使她致此的根源，不就是永远不能磨灭的忧伤痛苦吗？

有时经过致觉君家，望见宾若夫人寂寞的侧影，或在灌花，或在闲立，心头就不禁暗淡了。抱着终生的悲哀，为恐伤翁姑的老怀，想来时时要自为敛抑吧；而为孩子的前途起见，想也不愿意多给他伤感的印象：于是只有闷闷地暗自咀嚼那悲哀的滋味，这比起哀号长叹，尽情倾吐来，其难堪岂止十倍。

看见济昌，我同样地黯然，虽然他是个苹果红的面颊乌亮亮的眼睛的可爱的孩子。宾若夫人对于济昌，听说是竭尽了所有的心力的，差不多自己生存的意义就是为着孩子。

济昌与善儿成为很好的朋友，我觉得安慰，父亲与父亲突然中断的缘分，让他们好好接下去，直到永远吧！有一次，善儿来说济昌小病新愈，在家寂寞，济昌的母亲的意思要他去陪着济昌玩儿。我听说，催善儿立刻去；能够使人慰悦的事总是我们应该做的，何况需要慰悦的是济昌母子俩！

　　现在，两个孩子暂时分别了。我愿他们永远是很好的朋友。这不单是济昌的母亲祖父母伯父等以及我的欢喜，也该是永生在我意念中的宾若君的极大安慰。

1926年11月7日作

我钦新凤霞

新凤霞演得一手好评剧，我早就知道；她还写得一手好文章，到去年才知道。

听孩子们说新凤霞有一篇文章写得挺好，发表在一本刊物上，就叫他们找来念给我听。原来是记齐白石老先生的。齐老先生的遗闻逸事也常听人说起，可是都没有新凤霞写的那么真。她不加虚饰，不落俗套，写的就是她心目中的齐老先生。我闭着眼睛听孩子念下去，仿佛看见了一位性情、习惯都符合他的出身、年龄、地位的老画家，同时也认识了一位敏慧的善于揣摩、体贴别人的心思而笔下绝不做作的新凤霞。于是叫孩子们去翻检报刊，检到新凤霞的东西再给我念，我又听了好几篇，都满意。

去年九月间，在一个招待会上遇见祖光。我问了新凤霞的健康情况，就说她写的东西好，希望她多写。祖光说她写了不少了，已经编成集子交给香港三联书店，还说既然我喜欢，出版之后就给我送去。没隔多久，祖光果然把《新凤霞回忆录》送来了，两指厚的一册，装帧挺惹人喜爱，收入几十幅照片，还有丁聪和黄黑蛮的插图。这本图文并茂的集子一到我们家，大大小小都争着看，看了不算，还要在饭桌上议论。我只好凑他们的空，挑一两篇让他们给我念。有时候等不及，就戴起老花镜，拿起放大镜，看它三页五页。好在看新凤霞的东西就像听她聊天，眼睛倦了，闭上休息一会儿也无妨。

新凤霞为什么能写得这样好，成了我家在饭桌上讨论的题目。她是祖光的夫人，得到老舍先生的鼓励，得到许多好朋友的支持，这些当然都是条件。但是有了这些好条件准能写出好东西来，怕也未必。主要的还在她的生活经历丰富。小时候受苦深，学艺不容易，解放以后在政治上翻了身，却又遭到不少波折……她写的不就是这些吗？她写老一辈艺人的苦难，旧班子旧剧场的黑幕；她写新时代评剧的改革，演员的新生；她写十年的浩劫，许多朋友遭到了厄运。要不是亲身经历过来，她也没有什么可写的了。但是从另外一方面想，跟她同辈的演员，经历大多跟她相仿，也有写回忆录的，像她这样畅达而深刻的似乎不多。这又为什么呢？

写东西当然得有丰富的生活经历，可是把经历写下来，要写得像个样儿，还得有一套本领。新凤霞就有这套本领，她能揣摩各种人物随时随地的内心世界，真够得上说体贴入微了。这套本领很可能是她从小学艺的时候练成的。她拜过几位师傅，几位师傅都没有认真教过她，她只好"看戏偷戏"——在戏院里偷着学。演龙套的时候在台上看戏，不上台的时候躲在后台看戏，她一边看一边揣摩，角儿在台上为什么这么唱这么做，为什么这么唱这么做才符合剧中人的身份和年龄，表现出剧中人的性格和心情。她不但看评剧，还看京剧、梆子、曲艺、话剧，都一边看一边揣摩。这功夫可下得深哪。先就人家唱的做的揣摩剧中人，进一步又就剧中人的身份、年龄、性格、心情揣摩自己上台去该怎么唱怎么做才更合式，新的角色就这么创造出来了，为评剧的革新作出了贡献。

是否可以这样说，新凤霞在舞台上取得成功，就因为她从小养成了观察和揣摩的习惯。观察和揣摩本来是生活的需要，作事的需要，同时也是写东西的先决条件，而在她已经成了习惯，难怪她能写得这样好，让人读着就像看她演戏一样受她的吸引。

祖光要我写几句话鼓励鼓励新凤霞。我只能说她这本回忆录给了我极好的享受，我非常感谢。能说的话确也有几句，只是意思平常，不敢藏拙，就写成这篇短文。

1981年1月16日作

（原载1981年4月《大地》第3期）

我们的骄傲

我们四个四十五以上的人一路走着,谈着幼年同学时候的情形:某先生上理科,开头讲油菜,那十字形的小黄花的观察引起了大家对自然界的惊奇;某先生教体操,说明开步走必须用力在脚尖上,大家听了他的话,连平时走路也是一步一踢的了;为了让厨夫受窘,大家相约多吃一碗饭,结果饭桶空了,添饭的人围着饭桶大声叫唤,个个露出胜利的笑容;为了偷看《红楼梦》一类的小说,大家把学校发给的蜡烛省下来,到摇了息灯铃,就点起蜡烛来,几个人头凑头地围在一起看,偶尔听到老鼠的响动,以为黄先生查寝室来了,急忙吹灭了蜡烛,伏在暗中连气也不敢透……

重庆市上横冲直撞的人力车以及突然窜过的汽车,对于我们只像淡淡的影子。后来我们拐了弯,走着下坡路,那难走的坡子也好像没有什么了。我们的心都沉没在回忆里,我们回到三十多年以前去了。

邹君拍着戈君的肩膀说:"还记得吗?那一回开恳亲会,你当众作文。来宾出了个题目,你匆忙之中看错了,写的文章牛头不对马嘴。散会之后，先生和同学都责备你，你直哭了半夜。"

戈君的两颊已经生满浓黑的短须，额上也有了好几条皱纹，这时候他脸上显出童稚的羞惭神情，回答邹君说："你也哭了的，你当级长，带领我们往操场上运动，你要踢球，我们要赛跑。你因为大家不听你的号令，就哭到黄先生那儿去了。"

"黄先生并不顶严厉，可是大家怕他；怕他又不像老鼠见了猫似的，是真心地信服他。"孙君这么自言自语，似乎有意把话题引到别的方面去。

我就接着说："他的一句话不只是一句话，还带着一股深入人心的力量，所以能叫人信服。我小时候常常陪父亲喝酒，有半斤的酒量，自从听了黄先生的修身课，说喝酒有种种害处，就立志不喝，一直继续了三年。在那三年里，真是一点一滴也没有沾唇。"

"教室里的讲话能在学生生活上发生影响，那是顶了不起的事。"当了十多年中学校长的孙君感叹地说。

我们这样谈着走着，不觉已到了黄先生借住的那所学校。由校工引导，走上坡子，绕过了两棵黄桷树，校工指着靠左的一间屋子，含糊地说了一句什么，就转身走了。我们敲那屋子的门。

门开了，"啊，你们四位，准时刻来了，"那声音沉着有力，跟我们小时候听惯的一模一样，"咱们多年不见。你四位，往常也难得见面吧？今天在这儿聚会，真是料想不到的事。"

我在上海跟黄先生遇见，还在十二三年以前，那十二三年的时间加在黄先生身上的痕迹，仅仅是一头白发，一脸纤细的皱纹。他的眼光依然那么敏锐有神，他的躯干依然那么挺拔，岂但跟十二三年前没有两样，简直可以说三十多年来没有丝毫改变。我这么想着，就问他一路跋涉该受了很多辛苦吧。

黄先生让我们坐了，就叙述这回辗转入川的经历。他说在广州遇到了八次空袭，有一次最危险了，落弹的地点就在两丈以外，他在浑忘生死的心境中体验到彻底的宁定。他说桂林的山好像盆景，一座一座地拔地而起，形状尽有奇怪的，可惜没有千岩万壑茫茫苍苍的气概，就只能引人赏玩，不足以怡人神情了。他说在海棠溪小茶馆里躲避空袭，一班工人不知道利害，还在呼么喝六地赌钱，他就给他们讲，叫他们非守秩序不可。

他说得很多，滔滔汩汩，有条理又有情趣，也跟三十多年前授课时候一个样儿。

等他的叙述告个段落，邹君就问他从家乡沦陷直到离开家乡的经过。

"我不能不离开了，"他的声音有些激昂，"我是将近六十的人了，不能像他们一样，糊糊涂涂的，没有一点儿操守。我宁肯挤在公路车里跑长途，几乎把肠子都震断；我宁肯伏在树林里避空袭，差不多把性命跟日本飞机打赌；我宁肯两手空空，跑到这儿来，做一个无业难民；我再不愿留在家乡了。"

听到这儿，我才注意那个房间。以前大概是阅报室或者学生自治会的会议室吧，一张长方桌子七八个凳子以外，就只有黄先生的一张床铺，床底下横放着一只破了两个角的柳条提箱；要是没有窗外繁密的竹枝，那个房间真太萧条了。

黄先生略微停顿了一下，就从家乡沦陷的时候说起。他说那时候他在乡间，办理收容难民的事，一百多家人家，男女老少一共四百多人，总算完全安顿停当了，他才回到城里。于是这个也来找他了，那个也来找他了，要他出来参加维持会。话都说得挺好听，家乡糜烂，不能不设法挽救啊，不入地狱，谁入地狱啊，无非那一套。他的回答非常干脆，他说："人各有志，不能相强。你们要这么做，我没有那种感化力量叫你们不这么做，可是我决不跟着你们这么做。"接着他愤慨地说："这些人都是你们熟悉的，都是诗礼之家的人物，在临到考验的时候，他们的骨头却软了，酥了。我现在想，越是诗礼之家的人物，仿佛应着重庆人的一句话，越是'要不得'！"

一霎间我好像看见了家乡那些熟悉的人的状貌，卑躬屈节，头都抬不起来，尴尬的笑脸对着敌人的枪刺。"在他们从小到大的教养之中，从来没有机会知道什么叫做民族吧。"我这么想着，觉得黄先生对于诗礼之家的人物的感慨是切当的。

黄先生又说拒绝了那些人的邀请以后，他们好像并不觉得没趣，还是时常跟他纠缠不清。县政府成立了，要请他当学务委员，薪水多少；省政府成立了，要请他当教育厅科长，薪水多少；原因是他以前当过省督学多年，全省六十多县的教育界人物，没有谁比他更熟悉的了。他为避免麻烦起见，就在上海一个教会女学校里担任两班国文；人家有职务在这儿，你们总不好意思再来拖三拉四的了。于是他到上海去，咬紧了牙对城门口的日本兵鞠躬，侧转了头让车站上的日本兵检验良民证。说到这儿，他掏出一个旧皮夹子，从里边取出一张纸来授给我们看，他说："你们一定想看看这东西。这东西上贴得有照片，我算是米店的掌柜，到上海办米去的。你们看，还像吗？"

我们四个传观之后，良民证回到黄先生手里，黄先生又授给孙君说："送给你吧。你拿到学校里去，也可以叫你的学生知道，现在正有不知多少同胞在忍辱受屈，让敌人在身上打着耻辱的戳记！"

孙君接了，珍重地放进衣袋里。黄先生又说他到了上海以后，半年中间，教书很愉快，那些女学生不但用心听课，还知道现在是个非常严重的时代，一个人必须在书本子以外懂些什么，做些什么。但是，在两个月之前，纠缠又来了，上海的什么政府送来了一份聘书，请他当教育方面的委员，没有特定的事务，只要在开会的时候出几回席，尽不妨兼任，月薪两百元。事前不经过商谈，突然送来了聘书，显而易见地，那意思是你识抬举便罢，要是说半个不字，哼，那可不行！

"我不能不走了。我回想光绪末年的时候，一壁办学校，一壁捧着教育学心理学的书本子死啃，穷，辛苦，都不当一回事，原来认定教育是一种神圣的事业，它的前程展开着一个美善的境界。后来我总是不肯脱离教育界，缘故也就在此。我怎么能借了教育的名义，去叫人家当顺民当奴隶呢！我筹措了两百块钱，也不通知家里人，就跨上了开往香港的轮船。"

"我们有黄先生这样一位老师，是我们的骄傲！"戈君激动地说着，讷讷然的，说得不很清楚。

我心里想，戈君的话正是我要说的。再看黄先生，他那敏锐的眼光普遍注射到我们四个，脸上现出一种感慰的神情。他大概在想我们四个都知道自好，能够做点儿正当事情，还不愧为他的学生吧。

1940年3月5日作

/叶圣陶散文精选/

旅行抒怀

皴法不同的好些座山重叠在周围,
远处又衬托着两三峰,
全然不用皴法,
只是那么淡淡的一抹。
我们坐在火车里就像坐在江船里一样,
峰回路转,景象刻刻变换,让你目不暇接。

记游洞庭西山

四月二十三日，我从上海回苏州，王剑三兄要到苏州玩儿，和我同走。苏州实在很少可以玩儿的地方，有些地方他前一回到苏州已经去过了，我只陪他看了可园、沧浪亭、文庙、植园以及顾家的怡园，又在吴苑吃了茶，因为他要尝尝苏州的趣味。二十五日，我们就离开苏州，往太湖中的洞庭西山。

洞庭西山周围一百二十里，山峰重叠。我们的目的地是南面沿湖的石公山。最近看到报上的广告，石公山开了旅馆，我们才决定到那里去。如果没有旅馆，又没有住在山上的熟人，那就食宿都成问题，洞庭西山是去不成的。

上午八点，我们出胥门，到苏福路长途汽车站候车。苏福路从苏州到光福，是商办的，现在还没有全线通车，只能到木渎。八点三刻，汽车到站，开行半点钟就到了木渎，票价两毛。经过了市街，开往洞庭东山的裕商小汽轮正将开行，我们买西山镇夏乡的票，每张五毛。轮行半点钟出胥口，进太湖。以前在无锡鼋头渚，在邓尉还元阁,只是望望太湖罢了,现在可亲身在太湖的波面,左右看望,混黄的湖波似乎尽量在那里涨起来,远处水接着天,间或界着一线的远岸或是断断续续的远树。晴光照着远近的岛屿,淡蓝,深翠,嫩绿,色彩不一,眼界中就不觉得单调,寂寞。

十二点一刻到达西山镇夏乡,我们跟着一批西山人登岸。这里有码头,不像先前经过的站头,登岸得用船摆渡。码头上有人力车,我们不认识去石公山的路,就坐上人力车,每辆六毛。和车夫闲谈,才知道西山只有十辆人力车,一般人往来难得坐的。车在山径中前进,两旁尽是桑树茶树和果木,满眼的苍翠,不常遇见行人,真像到了世外。果木是柿、橘、梅、杨梅、枇杷。梅花开的时候,这里该比邓尉还要出色。杨梅干枝高大,屈伸有姿态,最多画意。下了几回车,翻过了几座不很高的岭,路就围在山腰间,我们差不多可以抚摩左边山坡上那些树木的顶枝。树木以外就是湖面,行到枝叶茂密的地方,湖面给遮没了,但是一会儿又露出来了。

十二点三刻,我们到了石公饭店。这是节烈祠的房子,五间带厢房,我们选定靠西的一间地板房,有三张床铺,价两元。节烈祠供奉全西山的节烈妇女,门前一座很大的石牌坊,密密麻麻刻着她们的姓氏。隔壁石公寺,石公山归该寺管领。除开一祠一寺,石公山再没有房屋,唯有树木和山石而已。这里的山石特别玲珑,从前人有评石三字诀叫做"皱,瘦,透",用来品评这里的山石,大部分可以适用。人家园林中有了几块太湖石,游人就徘徊不忍去,这里却满山的太湖石，而且是生着根的，而且有高和宽都达几十丈的，真可以称大观了。

饭店里只有我们两个客，饭菜没有预备，仅能做一碗开阳蛋汤。一会儿茶房高兴地跑来说，从渔人手里买到了一尾鲫鱼，而且晚饭的菜也有了，一小篮活虾，一尾很大的鲫鱼。问可有酒，有的，本山自制，也叫竹叶青。打一斤来尝尝，味道很清，只嫌薄些。

吃罢午饭，我们出饭店，向左边走，大约百步，到夕光洞。洞中有倒挂的大石，俗名倒挂塔。洞左右壁上刻着明朝人王鏊所写的寿字，笔力雄健。再走百多步，石壁绵延很宽广，题着"联云幛"三个篆字。高头又有"缥缈云联"四字，清道光间人罗绮的手笔。从这里向下到岸滩，大石平铺，湖波激荡，发出汩汩的声音。对面青青的一带是洞庭东山，看来似乎不很远，但是相距十八里呢。这里叫做明月浦，月明的时候来这里坐坐，确是不错。我们照了相，回到山上，从所谓一线天的裂缝中爬到山顶。转向南往下走，到来鹤亭，下望节烈祠和石公寺的房屋，整齐，小巧，好像展览会中的建筑模型。再往下有翠屏轩。出石公寺向右，经过节烈祠门首，到归云洞。洞中供奉山石雕成的观音像，比人高两尺光景，气度很不坏，可惜装了金，看不出雕凿的手法。石公全山面积一百八十多亩，高七十多丈，不过一座小山罢了，可是山石好，树木多，就见得丘壑幽深，引人入胜。

回饭店休息了一会儿，我们雇一条渔船，看石公南岸的滩面。滩石下面都有空隙，波涛冲进去，作鸿洞的声响，大约和石钟山同一道理。渔人问还想到哪里去，我们指着南面的三山说，如果来得及回来，我们想到那边去。渔人于是张起风帆来。横风，船身向右侧，船舷下水声哗哗哗。不到四十分钟，就到了三山的岸滩。那里很少大石，全是磨洗得没了棱角的碎石片。据说山上很有些殷实的人家，他们备有枪械自卫，子弹埋在岸滩的芦苇丛中，临时取用，只他们自己有数。我们因为时光已晚，来不及到乡村里去，只在岸滩照了几张照片，就迎着落日回船。一个带着三弦的算命先生要往西山去，请求附载，我们答应了。这时候太阳已近地平线，黄水染上淡红，使人起苍茫之感。湖面渐渐升起烟雾，风力比先前有劲，也是横风，船身向左侧，船舷下水声哗哗哗，更见爽利。渔人没事，请算命先生给他的两个男孩子算命。听说两个都生了根，大的一个还有贵人星助命，渔人夫妻两个安慰地笑了。船到石公山，天已全黑。坐船共三小时，付钱一块二毛。饭店里特地为我们点了汽油灯，喝竹叶青，吃鲫鱼和虾仁，还有咸芥菜，味道和白马湖出品不相上下。九时息灯就寝。听湖上波涛声，好似风过松林，不久就入梦。

二十六日早上六时起身。东南风很大，出门望湖面，皱而暗，随处涌起白浪花。吃过早餐，昨天约定的人力车来了，就离开饭店，食宿小帐共计六块多钱。沿昨天来此的原路，我们向镇夏乡而去。淡淡的阳光渐渐透出来，风吹树木，满眼是舞动的新绿。路旁遇见采茶妇女，身上各挂一只篾篓，满盛采来的茶芽。据说这是今年第二回采摘，一年里头，不过采摘四五回罢了。在镇夏乡寄了信，走不多路，到林屋洞，洞口题"天下第九洞天"六个大字。据说这个洞像房屋那样有三进，第一进人可以直立，第二三进比较低，须得曲身而行。再往里去，直通到湖广。凡有山洞处，往往有类似的传说，当然不足凭信。再走四五里，到成金煤矿，遇见一个姓周的工头，峄县人，和剑三是大同乡，承他告诉我们煤矿的大概。这煤矿本来用土法开采，所出烟煤质地很好，运到近处去销售，每吨价六七块钱，比远来的煤便宜得多。现在这个矿归利民矿业公司经营，占地一万七千亩。目前正在开凿两口井，一口深十七丈，又一口深三十丈，彼此相通。一个月以后开凿成功，就可以用机器采煤了。他又说，西山上除开这里，矿产还很多呢。他四十三岁，和我同年，跑过许多地方，干了二十来年的煤矿，没上过矿业学校，全凭实际得来的经验。谈吐很爽直，见剑三是同乡，殷勤的情意流露在眉目间。剑三给他照了个相，让他站在他亲自开凿的井旁边。回到镇夏乡正十一点。付人力车价，每辆一块二毛半。在面馆吃了面，买了本山的碧螺春茶叶，上小茶楼喝了两杯茶，向附近的山径散步了一会儿，这才挨到午后两点半。裕商小汽轮靠着码头，我们冒着狂风钻进舱里，行到湖心，颠簸摇荡，仿佛在海洋里。全船的客人不由得闭目垂头，现出困乏的神态。

（原载1936年5月5日《越风》半月刊第13期）

假山

　　佩弦到苏州来，我陪他看了几个花园。花园都有假山，作为园子的主要部分。假山下大都是荷花池。亭台轩榭之类就环拱着假山和池塘布置起来。佩弦虽是中年人，而且身子比较胖，却还有小孩的心性，看见假山总想爬。我是幼年时候爬熟了这几座假山了，现在再没有这种兴致，只是坐定在一处地方对着假山看看而已。

　　假山实在算不得一件好看的东西。乱石块堆叠起来，高高低低，凹凹凸凸，且不说天下决没有这样的山，单说阳光照在上面，明一块，暗一块，支离破碎，看去总觉得不顺眼。石块与石块的胶粘处不能不显出一些痕迹，旧了的还好，新修的用了水门汀，一道道僵白色真令人难受。玄墓山下有一景，叫做"真假山"，是山脚露出一些石块，有洞穴，有皱襞，宛如用湖石堆成的一般。胶粘的痕迹自然没有，走近去看还可以鉴赏山石的"皱法"。然而合着玄墓山一起看，这反而成为一个破绽，跟全山的调子不协调。可观的"真假山"，依我的浅见，要算太湖中洞庭西山的石公山了。那里全山是湖石，洞穴和皱襞俯拾即是，可是浑然一气。又有几十丈高的幛壁，比虎丘"千人石"大得多的石滩，真当得上"雄奇"二字。看了石公山再来看花园里的假山，只觉得是不知哪一个石匠把他的石料寄存在这里罢了。

假山上大都种树木，盖亭子。往往整个假山都在树木的荫蔽之下，而株数并不多，少的简直只有一株。亭子里总得摆一张石桌，可以围坐几个人，一座亭子镇压着整个所谓"山峰"也是常有的事。这就显得非常不相称。你着眼在山一方面，树木和亭子未免太大了，如果着眼在树木和亭子一方面，山又未免小得可笑了。《浮生六记》里的《闲情记趣》开头说：

> 留蚊于素帐中，徐喷以烟，使其冲烟飞鸣，作青云白鹤观，果如鹤唳云端，怡然称快。于土墙凹凸处，花台小草丛杂处，常蹲其身，使与台齐，定神细观。以丛草为林，以虫蚁为兽，以土砾凸者为邱，凹者为壑，神游其中，怡然自得。

这不失为很好的幻想。作者所以能"怡然称快""怡然自得"，在乎比拟得相称。以烟为云，自不妨以蚊为鹤；以丛草为树林，以土砾为邱壑，自不妨以虫蚁为走兽。假若在蚊帐中"徐喷以烟"，而捕一只麻雀来让它逃来逃去，或者以丛草为树林，而让一只猫蹲在丛草之上，这就凝不成"青云白鹤"和"林壑幽深"的幻想，也就无从"怡然"了。假山上长着大树，盖着亭子，情形正跟上面所说的相类。不相称的东西硬凑在一起，只使人觉得是大树长在乱石堆上，亭子盖在乱石堆上而已。

据说假山在花园中起障蔽的作用。如果全园的景物一目了然，东边望得到西边，南边望得到北边，那就太不曲折，太没有深致了。有假山障蔽着，峰回路转，又是一番景象，这才引人入胜。这个话当然可以承认，而且有一些具体的例子证明这个作用的价值。顾家的怡园，靠西一带假山把全园的景物遮掩了，你走到假山的西边去，回廊和旱船显得异常幽静，假山下的一湾水好像是从远处的泉源通过来的（其实就是荷花池中的水），引起你的遐想。还有，拙政园的进园处类似从前衙署中的二门，如果门内留着空旷处所，从园中望出来就非常难看。当初设计的人为弥补这个缺陷，在门内堆了一座假山，使你身在园中简直看不见那一道门。可见假山的障蔽作用确有它的价值。然而障蔽不一定要用假山。在园林建筑上，花墙极受重视，也为它的障蔽作用。墙上砌成各式各样的镂空图案，透着光，约略看得见隔墙的景物。这种"隔而不隔"的手法，假若使用得适当，比较堆假山作障蔽更有意思。此外，丛树也可以作障蔽之用。修剪得法，一丛树木还可以当一幅画看。用假山，固然使花园增加了曲折和深致，但是也引起了一堆乱石之感。利弊相较，孰轻孰重，正难断言。

依传统说法，假山并不重在真有山林之趣，假山本来是假山。路径的盘曲，层次的繁复，凡是山上所有的景物，如绝壁，危梁，岩洞，石屋，应有尽有，正合"麻雀虽小，五脏俱全"的谚语，在这等地方，显出设计的人的匠心。而假山的可贵也就在此。有名的狮子林，大家都说它了不起，就为那假山具有上面所说的那些条件。我小时候还没到过狮子林，长辈告诉我说，那里的假山曲折得厉害，两个人同在山上，看也看得见，手也握得着，但是他们要走到一条路上，还得待小半天呢。后来我去了，虽然不至于小半天，走走的确要好些时间。沿着高下屈曲的路径走，一路上遇见些"具体而微"的山上应有的景物。总之是层次多，阻隔多。就从这个诀窍，产生了两个人看得见而不能立刻碰头的效果。要堆这样一座假山当然不是容易事，不比建筑整整齐齐的房屋，可以预先打好平面和剖面的图样。这大概是全凭胸中的一点意象，堆上了，看看不对就卸下，卸下了，想停当了，再堆上，这样精心经营，直到完工才得休歇。然而不容易的事不一定做成功具有艺术价值的东西。在芝麻大的一粒象牙上刻一篇《陋室铭》，难是难极了，可是这东西终于是工匠的制品，无从列入艺术之林。你在假山上爬来爬去，只觉得前后左右都是石块，逼窄得很。遇见一些峭壁悬崖，你得设想自己缩到一只老鼠那样小才有味。如果你忘不了自己是个人，让躯体跟峭壁悬崖对照，那就像走进了小人国一般，峭壁悬崖再没有什么气魄，只见得滑稽可笑了。爬到"绝顶"的时候，且不说一览宇宙之大，你总要想来一下宽广的眺望吧。但是糟得很，什么堂什么轩的屋顶就挤在你眼前，你可以辨认那遗留在瓦楞上的雀粪。真山真水若是自然手创的艺术品，假山便是人类的难能而不可贵的"匠"制。凡是可以从真山真水得到的趣味，假山完全没有。

看既没有可看，爬又无甚意趣，为什么花园里总得堆一座假山呢？山不可移。叠起一堆乱石来硬叫它山，石块当然不会提抗议。而主人翁便怡然自得，心里想："万物皆备于我矣，我的花园里甚至有了山。"舒服得无可奈何的人往往喜爱"万物皆备于我"，古董，珍宝，奇花，异卉，美人，声伎，样样都要，岂可独缺名山？堆了假山，虽然眼中所见的到底不是山，而心中总之有了山了，于是并无遗憾。兴到时吟吟诗，填填词，尽不妨夸张一点儿，"苍崖千丈"呀，"云气连山"呀，写上一大套征求吟台酬和，作为消闲的一法。这不过随便揣想罢了，从前的绅富爱堆假山究竟是这个意思不是，当然不能说定。

（原载1936年10月16日《宇宙风》半月刊第27期）

游了三个湖

这回到南方去,游了三个湖。在南京,游玄武湖,到了无锡,当然要望望太湖,到了杭州,不用说,四天的盘桓离不了西湖。我跟这三个湖都不是初相识,跟西湖尤其熟,可是这回只是浮光掠影地看看,写不成名副其实的游记,只能随便谈一点儿。

首先要说的,玄武湖和西湖都疏浚了。西湖的疏浚工程,做的五年的计划,今年四月初开头,听说要争取三年完成,每天挖泥船轧轧轧地响着,连在链条上的兜儿一兜兜地把长远沉在湖底里的黑泥挖起来。玄武湖要疏浚,为的是恢复湖面的面积,湖面原先让淤泥和湖草占去太多了。湖面宽了,游人划船才觉得舒畅,望出去心里也开朗。又可以增多鱼产。湖水宽广,鱼自然长得多了。西湖要疏浚,主要为的是调节杭州城的气候。杭州城到夏天,热得相当厉害,西湖的水深了,多蓄一点儿热,岸上就可以少热一点儿。这些个都是顾到居民的利益。顾到居民的利益,在从前,哪儿有这回事?只有现在的政权,人民自己的政权,才当做头等重要的事儿,在不妨碍国家社会主义工业化的前提之下，非尽可能来办不可。听说，玄武湖平均挖深半公尺以上，西湖准备平均挖深一公尺。

其次要说的，三个湖上都建立了疗养院——工人疗养院或者机关干部疗养院。玄武湖的翠洲有一所工人疗养院，太湖边上到底有几所疗养院，我也说不清。我只访问了太湖边中犊山的工人疗养院。在从前，卖力气淌汗水的工人哪有疗养的份儿？害了病还不是咬紧牙关带病做活，直到真个挣扎不了，跟工作、跟生命一齐分手？至于休养，那更是做梦也想不到的事儿，休养等于放下手里的活闲着，放下手里的活闲着，不是连吃不饱肚子的一口饭也没有着落了吗？只有现在这时代，人民当了家，知道珍爱创造种种财富的伙伴，才要他们疗养，而且在风景挺好、气候挺适宜的所在给他们建立疗养院。以前人有句诗道，"天下名山僧占多"。咱们可以套用这一句的意思说，目前虽然还没做到，往后一定会做到，凡是风景挺好、气候挺适宜的所在，疗养院全得占。僧占名山该不该，固然是个问题，疗养院占好所在，那可绝对地该。

又其次要说的，在这三个湖边上走走，到处都显得整洁。花草栽得整齐，树木经过修剪，大道小道全扫得干干净净，在最容易忽略的犄角里或者屋背后也没有一点儿垃圾。这不只是三个湖边这样，可以说哪儿都一样。北京的中山公园、北海公园不是这样吗？撇开园林、风景区不说，咱们所到的地方虽然不一定栽花草，种树木，不是也都干干净净，叫你剥个橘子吃也不好意思把橘皮随便往地上扔吗？就一方面看，整洁是普遍现象，不足为奇。就另一方面看，可就大大值得注意。做到那样整洁决不是少数几个人的事儿。固然，管事的人如栽花的，修树的，扫地的，他们的勤劳不能缺少，整洁是他们的功绩。可是，保持他们的功绩，不让他们的功绩一会儿改了样，那就大家有份，凡是在那里、到那里的人都有份。你栽得整齐，我随便乱踩，不就改了样吗？你扫得干净，我嗑瓜子乱吐瓜子皮，不就改了样吗？必须大家不那么乱来，才能保持经常的整洁。解放以来属于移风易俗的事项很不少，我想，这该是其中的一项。回想过去时代，凡是游览地方、公共场所，往往一片凌乱，一团肮脏，那种情形永远过去了，咱们从"爱护公共财物"的公德出发，已经养成了到哪儿都保持整洁的习惯。

现在谈谈这回游览的印象。

出玄武门，走了一段堤岸，在岸左边上小划子。那是上午九点光景，一带城墙受着晴光，在湖面和蓝天之间划一道界限。我忽然想起四十多年前头一次游西湖，那时候杭州靠西湖的城墙还没拆，在西湖里朝东看，正像在玄武湖里朝西看一样，一带城墙分开湖和天。当初筑城墙当然为的防御，可是就靠城的湖来说，城墙好比园林里的回廊，起掩蔽的作用。回廊那一边的种种好景致，亭台楼馆，花坞假山，游人全看过了，从回廊的月洞门走出来，瞧见前面别有一番境界，禁不住喊一声"妙"，游兴益发旺盛起来。再就回廊这一边说，把这一边、那一边的景致合在一块儿看也许太繁复了，有一道回廊隔着，让一部分景致留在想象之中，才见得繁简适当，可以从容应接。这是园林里修回廊的妙用。湖边的城墙几乎跟回廊完全相仿。所以西湖边的城墙要是不拆，游人无论从湖上看东岸或是从城里出来看湖上，就会感觉另外一种味道，跟现在感觉的大不相同。我也不是说西湖边的城墙拆坏了。湖滨一并排是第一公园至第六公园，公园东面隔着马路，一带相当齐整的市房，这看起来虽然繁复些儿，可是照构图的道理说，还成个整体，不致流于琐碎，因而并不伤美。再说，成个整体也就起回廊的作用。然而玄武湖边的城墙，要是有人主张把它拆了，我就不赞成。不知道为什么，我总觉得那城墙的线条，那城墙的色泽，跟玄武湖的湖光、紫金山覆舟山的山色配合在一起，非常调和，看来挺舒服，换个样儿就不够味儿了。

这回望太湖，在无锡鼋头渚，又在鼋头渚附近的湖面上打了个转，坐的小汽轮。鼋头渚在太湖的北边，是突出湖面的一些岩石，布置着曲径蹬道，回廊荷池，丛林花圃，亭榭楼馆，还有两座小小的僧院。整个鼋头渚就是个园林，可是比一般园林自然得多，何况又有浩渺无际的太湖做它的前景。在沿湖的石上坐下，听湖波拍岸，挺单调，可是有韵律，仿佛觉得这就是所谓静趣。南望马迹山，只像山水画上用不太淡的墨水涂上的一抹。我小时候，苏州城里卖芋头的往往喊"马迹山芋艿"。抗日战争时期，马迹山是游击队的根据地。向来说太湖七十二峰，据说实际不止此数。多数山峰比马迹山更淡，像是画家蘸着淡墨水在纸面上带这么一笔而已。至于我从前到过的满山果园的东山，石势雄奇的西山，都在湖的南半部，全不见一丝影儿。太湖上渔民很多，可是湖面太宽阔了，渔船并不多见，只见鼋头渚的左前方停着五六只。风轻轻地吹动桅杆上的绳索，此外别无动静。大概这不是适宜打鱼的时候。太阳渐渐升高，照得湖面一片银亮。碧蓝的天空中飘着几朵若有若无的薄云。要是天气不好，风急浪涌，就会是一幅完全不同的景色。从前人描写洞庭湖、鄱阳湖，往往就不同的气候、时令着笔，反映出外界现象跟主观情绪的关系。画家也一样，风雨晦明，云霞出没，都要研究那光和影的变化，凭画笔描绘下来，从这里头就表达出自己的情感。在太湖边作较长时期的流连，即使不写什么文章，不画什么画，精神上一定会得到若干无形的补益。可惜我来也匆匆，去也匆匆，只能有两三个钟头的勾留。

刚看过太湖，再来看西湖，就有这么个感觉，西湖不免小了些儿，什么东西都挨得近了些儿。从这一边看那一边，岸滩，房屋，林木，全都清清楚楚，没有太湖那种开阔浩渺的感觉。除了湖东岸没有山，三面的山全像是直站到湖边，又没有衬托在背后的远山。于是来了个总的印象：西湖仿佛是盆景，换句话说，有点儿小摆设的味道。这不是给西湖下贬辞，只是直说这回的感觉罢了。而且盆景也不坏，只要布局得宜。再说，从稍微远一点儿的地点看全局，才觉得像个盆景，要是身在湖上或是湖边的某一个所在，咱们就成了盆景里的小泥人儿，也就没有像个盆景的感觉了。

湖上那些旧游之地都去看看，像学生温习旧课似的。最感觉舒坦的是苏堤。堤岸正在加宽，拿挖起来的泥壅一点儿在那儿，巩固沿岸的树根。树栽成四行，每边两行，是柳树、槐树、法国梧桐之类，中间一条宽阔的马路。妙在四行树接叶交柯，把苏堤笼成一条绿荫掩盖的巷子，掩盖而绝不叫人觉得气闷，外湖和里湖从错落有致的枝叶间望去，似乎时时在变换样儿。在这条绿荫的巷子里骑自行车该是一种愉快。散步当然也挺合适，不论是独个儿、少数几个人还是成群结队。以前好多回经过苏堤，似乎都不如这一回，这一回所以觉得好，就在乎树补齐了而且长大了。

灵隐也去了。四十多年前头一回到灵隐就觉得那里可爱，以后每到一回杭州总得去灵隐，一直保持着对那里的好感。一进山门就望见对面的飞来峰，走到峰下向右拐弯，通过春淙亭，佳境就在眼前展开。左边是飞来峰的侧面，不说那些就山石雕成的佛像，就连那山石的凹凸、俯仰、向背，也似乎全是名手雕出来的。石缝里长出些高高矮矮的树木，苍翠，茂密，姿态不一，又给山石添上点缀。沿峰脚是一道泉流，从西往东，水大时候急急忙忙，水小时候从从容容，泉声就有宏细疾徐的分别。道跟泉流平行，道左边先是壑雷亭，后是冷泉亭，在亭子里坐，抬头可以看飞来峰，低头可以看冷泉。道右边是灵隐寺的围墙，淡黄颜色，道上多的是大树，又大又高，说"参天"当然嫌夸张，可真做到了"荫天蔽日"。暑天到那里，不用说，顿觉清凉，就是旁的时候去，也会感觉"身在画图中"。自己跟周围的环境融和一气，挺心旷神怡的。灵隐的可爱，我以为就在这个地方。道上走走，亭子里坐坐，看看山石，听听泉声，够了，享受了灵隐了。寺里头去不去，那倒无关紧要。

这回在灵隐道上大树下走，又想起常常想起的那个意思。我想，无论什么地方，尤其在风景区，高大的树是宝贝。除了地理学、卫生学方面的好处而外，高大的树又是观赏的对象，引起人们的喜悦不比一丛牡丹、一池荷花差，有时还要胜过几分。树冠和枝干的姿态，这些姿态所表现的性格，往往很耐人寻味。辨出意味来的时候，咱们或者说它"如画"，或者说它"入画"，这等于说它差不多是美术家的创作。高大的树不一定都"如画""入画"，可是可以修剪，从审美观点来斟酌。一般大树不比那些灌木和果树，经过人工修剪的不多，风吹断了枝，虫蛀坏了干，倒是常有的事，那是自然的修剪，未必合乎审美观点。我的意思，风景区的大树得请美术家鉴定，哪些不用修剪，哪些应该修剪。凡是应该修剪的，动手的时候要遵从美术家的指点，唯有美术家才能就树的本身看，就树跟环境的照应配合看，决定怎么样叫它"如画""入画"。我把这个意思写在这里，希望风景区的管理机关考虑，也希望美术家注意。我总觉得美术家为满足人民文化生活的要求，不但要在画幅上用功，还得扩大范围，对生活环境的布置安排也费一份心思，加入一份劳力，让环境跟画幅上的创作同样地美——这里说的修剪大树就是其中一个项目。

1954年12月18日作

（原载1955年1月22日《旅行家》月刊第1期）

记金华的两个岩洞

今年四月十四日，我在浙江金华，游北山的两个岩洞，双龙洞和冰壶洞。洞有三个，最高的一个叫朝真洞，洞中泉流跟冰壶、双龙上下相贯通，我因为足力不济，没有到。

出金华城大约五公里到罗店。那里的农业社兼种花，种的是茉莉、白兰、珠兰之类，跟我们苏州虎丘一带相类，但是种花的规模不及虎丘大。又种佛手，那是虎丘所没有的。据说佛手要那里的土培植，要双龙泉水灌溉，才长得好，如果移到别处，结成的佛手就像拳头那么一个，没有长长的指头，不成其为"手"了。

过了罗店就渐渐入山。公路盘曲而上，工人正在填石培土，为巩固路面加工。山上几乎开满映山红，比较盆栽的杜鹃，无论花朵和叶子，都显得特别有精神。油桐也正开花，这儿一丛，那儿一簇，很不少。我起初以为是梨花，后来认叶子，才知道不是。丛山之中有几脉，山上砂土作粉红色，在他处似乎没有见过。粉红色的山，各色的映山红，再加上或深或淡的新绿，眼前一片明艳。

一路迎着溪流。随着山势，溪流时而宽，时而窄，时而缓，时而急，溪声也时时变换调子。入山大约五公里就到双龙洞口，那溪流就是从洞里出来的。

在洞口抬头望，山相当高，突兀森郁，很有气势。洞口像桥洞似的作穹形，很宽。走进去，仿佛到了个大会堂，周围是石壁，头上是高高的石顶，在那里聚集一千或是八百人开个会，一定不觉得拥挤。泉水靠着洞口的右边往外流。这是外洞，因为那边还有个洞口，洞中光线明亮。

在外洞找泉水的来路，原来从靠左边的石壁下方的孔隙流出。虽说是孔隙，可也容得下一只小船进出。怎样小的小船呢？两个人并排仰卧，刚合适，再没法容第三个人，是这样小的小船。船两头都系着绳子，管理处的工友先进内洞，在里边拉绳子，船就进去，在外洞的工友拉另一头的绳子，船就出来。我怀着好奇的心情独个儿仰卧在小船里，遵照人家的嘱咐，自以为从后脑到肩背，到臀部，到脚跟，没一处不贴着船底了，才说一声"行了"，船就慢慢移动。眼前昏暗了，可是还能感觉左右和上方的山石似乎都在朝我挤压过来。我又感觉要是把头稍微抬起一点儿，准会撞破了额角，擦伤了鼻子。大约行了二三丈的水程吧（实在也说不准确），就登陆了，那就到了内洞。要不是工友提着汽油灯，内洞真是一团漆黑，什么都看不见。即使有了汽油灯，还只能照见小小的一搭地方，余外全是昏暗，不知道有多么宽广。工友以导游者的身份，高高举起汽油灯，逐一指点内洞的景物。首先当然是蜿蜒在洞顶的双龙，一条黄龙，一条青龙。我顺着他的指点看，有点儿像。其次是些石钟乳和石笋，这是什么，那是什么，大都依据形状想象成仙家、动物以及宫室、器用，名目有四十多。这是各处岩洞的通例，凡是岩洞都有相类的名目。我不感兴趣，虽然听了，一个也没有记住。

有岩洞的山大多是石灰岩。石灰岩经地下水长时期的浸蚀，形成岩洞。地下水含有碳酸，石灰岩是碳酸钙，碳酸钙遇着水里的碳酸，就成酸性碳酸钙。酸性碳酸钙是溶解于水的，这是岩洞形成和逐渐扩大的缘故。水渐渐干的时候，其中碳酸分解成水和二氧化碳气跑走，剩下的又是固体的碳酸钙。从洞顶下垂，凝成固体的，就是石钟乳，点滴积累，凝结在洞底的，就是石笋，道理是一样的。唯其如此，凝成的形状变化多端，再加上颜色各异，即使不比做什么什么，也就值得观赏。

在洞里走了一转，觉得内洞比外洞大得多，大概有十来进房子那么大。泉水靠着右边缓缓地流，声音轻轻的。上源在深黑的石洞里。

查《徐霞客游记》，霞客在崇祯九年（一六三六）十月初十日游三洞。郁达夫也到过，查他的游记，是一九三三年十一月十二日。达夫游记说内洞石壁上"唐宋人的题名石刻很多，我所见到的，以庆历四年的刻石为最古。……清人题壁，则自乾隆以后绝对没有了，盖因这里洞，自那时候起，为泥沙淤塞了的缘故"。达夫去的时候，北山才经整理，旧洞新辟。到现在又是二十多年了，最近北山再经整理，公路修起来了，休憩茶饭的所在布置起来了，外洞内洞收拾得干干净净。我去的那一天是星期日，游人很不少，工人、农民、干部、学生都有，外洞内洞闹哄哄的，要上小船得排队等候好一会儿。这种景象，莫说徐霞客，假如达夫还在人世，也一定会说二十年前决想不到。

我排队等候，又仰卧在小船里，出了洞。在外洞前边休息了一会儿，就往冰壶洞。根据刚才的经验，知道洞里潮湿，穿布鞋非但容易湿透，而且把不稳脚。我就买一双草鞋，套在布鞋上。

从双龙洞到冰壶洞有石级。平时没有锻炼，爬了三五十级就气吁吁的，两条腿一步重一步了，两旁的树木山石也无心看了。爬爬歇歇直到冰壶洞口，也没有数一共多少级，大概有三四百级吧。洞口不过小县城的城门那么大，进了洞就得往下走。沿着石壁凿成石级，一边架设木栏杆以防跌下去，跌下去可真不是玩儿的。工友提着汽油灯在前边引导，我留心脚下，踩稳一脚再挪动一脚，觉得往下走也不比向上爬轻松。

忽然听见水声了，再往下没有多少步，声音就非常大，好像整个洞里充满了轰轰的声音，真有逼人的气势。就看见一挂瀑布从石隙吐出来，吐出来的地方石势突出，所以瀑布全部悬空，上狭下宽，高大约十丈。身在一个不知道多么大的岩洞里，凭汽油灯的光平视这飞珠溅玉的形象，耳朵里只听见它的轰轰，脸上手上一阵阵地沾着飞来的细水滴，这是平生从未经历的境界，当时的感受实在难以描述。

再往下走几十级，瀑布就在我们上头，要抬头看了。这时候看见一幅奇景，好像天蒙蒙亮的辰光正下急雨，千万枝银箭直射而下，天边还留着几点残星。这个比拟是工友说给我听的，听了他说的，抬头看瀑布，越看越有意味。这个比拟比较把石钟乳比做狮子和象之类，意境高得多了。

在那个位置上仰望，瀑布正承着洞口射进来的光，所以不须照灯，通体雪亮。所谓残星，其实是白色石钟乳的反光。

这个瀑布不像一般瀑布，底下没有潭，落到洞底就成伏流，是双龙洞泉水的上源。

现在把徐霞客记冰壶洞的文句抄在这里，以供参证。"洞门仰如张吻。先投杖垂炬而下，滚滚不见其底。乃攀隙倚空入。忽闻水声轰轰，秉炬从之，则洞之中央，一瀑从空下坠，冰花玉屑，从黑暗处耀成洁彩。水穴石中，莫稔所去。乃依炬四穷，其深陷逾朝真，而屈曲少逊。"

1957年10月25日作

（原载1957年11月22日《旅行家》月刊第11期）

从西安到兰州

十月三十一日下午二点四十分，火车从西安开，七点十多分到宝鸡。车程一百七十六公里。还没有快车，逢站都停。靠近西安和宝鸡的几站，乘客上下的多，车厢里坐得满满的。中间一段比较空，三个人的座位上有的只坐一个人。乘客里头农民居多。车上的广播室广播保藏红薯的方法，这是认定对象而又很适时的。

在咸阳和茂陵两站之间，北面耸起好些个大土堆，轮廓齐整。那是汉唐的陵墓，前些日子我们原想去看一看，可是没有去成。

南面远处是秦岭。始而终南山，既而太白山，还有好些个叫不出名儿的峰峦，一路上轮替送迎。那一天轻阴，梨树的红叶和留在枝头的红柿子都不怎么鲜明。秦岭的下半截让厚厚的白云封住。那白云的顶部那么齐平，好像用一支划线尺划过似的。韩昌黎的诗有"云横秦岭"的话，我们亲眼看见了，而且体会到那个"横"字下得实在贴切。露出在云上的峰峦或作淡青色，或作深青色，或只是那么浑然的一抹，或显出凹凸的纹理，看峰峦的远近高低而定。有些云上的峰峦又让白云截断，还有些简直没了顶。那些看得清凹凸的纹理的峰峦，山凹里有积雪。

从咸阳起，铁路始终跟渭河平行，渭河在铁路的南面。因为距离有远近，渭河有时看不见，有时看得见，渭河的水黄浊，看来跟黄河相仿。

就农事而言，铁路两旁的田野好像跟成都平原跟太湖流域都差不多。土色的黄是个显然不同之点，可是土质的肥沃恐怕不相上下。麦苗萌发了，这里那里一方方的嫩绿的绒毯。翠绿的葱绿的是各种蔬菜。林木时而稀时而密，跟方才提起的两个区域比起来，就只是绝对不见竹林，经常看见白杨树——茅盾先生所赞美的傲然挺立的白杨树。

出了宝鸡车站，人力车在新修的开阔的马路上慢慢地前进。两旁店铺灯光不太强，显得安静。马路旁的横路渐渐低下去，坡度不怎么大。心中突然发生一种感觉，仿佛到了四川省沿江的那些城市，虽是初到，很觉亲切。

十一月一日早晨上车站，九点四十分开车，第二天上午十一点到兰州。车程五百零三公里，宝鸡到天水一百五十四公里，天水到兰州三百四十九公里。

在这条路上，最显著的是山崖迫近了，火车尽在丛山间跑。不但在丛山间跑，许多地方还得穿过山跑——这就是说在隧道里跑。隧道多极了，长的短的也不知道有几百个。一会儿电灯亮了，窗外一无所见，轮轨相激的声音特别响亮，仿佛蒙在坛子里似的。一会儿出了隧道，又看见窗外的天光山色。可是才抽得两三口烟，又钻进前一个隧道里了。这样的情形并非少见。最长的是天兰铁路的第四十一号隧道，在关内，数它是第一大隧道。

渭河也迫近了。靠着车窗往往可以低头看水流，或急或缓，或窄或宽，沿河的冲积土上种着庄稼。河中有滩的地方，哗哗的水声也可以听见。渭河怎么样弯曲，铁路就跟着它弯曲。我们的车厢挂在后段，常常看见前面的机车和车厢拐弯，宛如夭矫的龙。

直到陇西，铁路才跟渭河分手，转向西北。陇西以东，铁路绝大部分在渭河北岸，少数几段移到南岸。这就得在渭河上架桥。可惜经过几座渭河大桥在夜间。后来借到《庆祝天兰铁路通车纪念画刊》来看，那几座大桥真配得上"雄姿"这个字眼。桥柱像罗马建筑的柱子那样，下面流着浩浩荡荡的渭河水，上面承着钢梁，简洁壮伟，显出现代工程的美。

不但渭河桥，铁路要跨过深谷也得架桥。那些桥往往是好几座钢塔架承着钢梁，另外一种壮观。至于中型的小型的桥梁，一眨眼间就开过的，说得笼统些，简直不知其数。

铁路既然在山间通过，就得把高低不平的山地凿成近乎水平的路堑，两旁削成斜壁，使土石不至于崩塌。好些斜壁还得加工，或者涂上水泥，或者砌上石片，筑成御土墙。有些地方筑个明洞来防御土石的崩塌。所谓明洞就是并不穿山而过的隧道，筑在山脚下，一壁贴着山，一壁显露在外，开些小穹洞，可以透光。

我们完全不懂铁路工程，照我们想，这条铁路有那么些个艰难的工程，该经过较长的年月才能完工，可是我们知道，从一九五〇年的五月到一九五二年的秋天，在不到两年半的时间内，天兰铁路就修成了，一九五二年的国庆前夕提前通车，同时又改善了陷于瘫痪状态的宝天铁路，使西北的大动脉畅通无阻。这是中国人民解放军的七万军工的功劳，这是不止一个民族的两万多民工的功劳，当然，毛主席和其他党政领导人的号召和指示，是工程迅速完成的最重要的因素。请听一听当时的《筑路歌》吧——"树要人来栽，路要人来开，人民天兰路，人民修起来！"唯有人民自己做了主人，彼此团结起来，发挥力量和智慧，什么高山大河都可以征服，要怎么办就怎么办。来睦铁路通车了，成渝铁路通车了，天兰铁路通车了，我们听见这些个消息，那时候的感情跟从前听见什么铁路修成了完全不一样。这一回初次经过宝天铁路和天兰铁路，我们更深切地分享到十万军工民工的成功的喜悦。

为什么说以前的宝天铁路陷于瘫痪状态呢？原来国民党反动政府修筑宝天铁路，工程是很草率的，曲线的半径极小，路基极狭窄，旁壁陡直，隧道大多没有加工衬砌，很多应修桥涵的地方没有修，修了桥涵的，孔径又不大，不能畅泄流水，因而线路常被崩塌的土石阻断，路基常被受阻的流水冲毁。当时名义上虽说通了车，实际上通车的日子很少。一九四九年将要解放的时候，主要桥梁又让蒋匪军给破坏了，于是全线陷于瘫痪状态，只是那么一条烂铁路，简直行不来车。新中国成立以后，一面动手修筑天兰铁路，一面施工恢复宝天铁路，施工期间还是维持通车。弯曲太厉害的线路改了，路基放宽了，旁壁削斜了，该修的御土墙修起来了，隧道加上了衬砌，又加筑了好些个明洞和桥涵，孔径太小的桥涵也改大了，又吸取了苏联的先进经验，做了大规模的排水工程，种了树，种了草，用来保持水土。于是宝天铁路有了新生命，天兰铁路工程的供应运输有了可靠的保证。

据考古家的说法，这一带河谷两岸随着河谷的下降和黄土的冲积，形成台地，史前人类和现在的居民就住在那些台地上。台地可以分作五级。第五级台地高出现在的河面二百到五百公尺，到现在还没发现人类居住过的遗迹。下一级是第四级，那里有史前人类的墓葬。再往下是第三级和第二级，高出现在的河面二十到五十公尺，新石器时代的人类就住在那里，彩陶文化的遗迹非常丰富。第一级是现在的居民居住的地方，高出河面五到二十公尺不等，我们想象那些使用石器陶器的史前人类，他们大概只能沿着河谷活动，走那大家不约而同走出来的道路，而且不可能走得太远。河这一岸的人跟河那一岸的人彼此可以望见身影，可是，恐怕始终不能够聚在一块儿说句话吧。他们的时代距离现在不到五千年，就算它五千年吧，就整个人类历史说，五千年是很短的一会儿。可是现在亮得发青的钢轨横躺在山岭间河谷上了。起初是大家不约而同走出来的道路。随后是有意铺设的道路，可是行走还得凭人力，或者利用畜力。最后才有铁路，铁路把道路机械化了。这五千年的进步多大啊！此外，公路也是机械化的道路，公路上可以开行汽车卡车。河里行了轮船，水路也机械化了。空中本来没有路，自从有了飞机，空中有路了，而且一开头就是机械化。各种机械化的道路掌握在人民手里，人民的物质生活和文化生活更将飞速地提高，那还待说吗？

说得稍稍远点儿了，再来说些所见的景物吧。

一路上两旁的山大都作黄色，少树木，垦成一鳞一鳞的梯田。可是宝鸡往西开头的几站间并不然。那里山上全是树木，同是绿色而浓淡深浅有差别。又掺杂着好些红叶，红叶又分鲜红和淡红。这就够好看的了。再说那些山。不懂地质学的人只好借用画家的皴法来说。那些山的皴法显然不同，这一座是大斧劈皴，那一座是小斧劈皴，这一座是披麻皴，那一座是荷叶筋皴……几乎可以一一指点。皴法不同的好些座山重叠在周围，远处又衬托着两三峰，全然不用皴法，只是那么淡淡的一抹。忽然想起这不跟长江三峡相仿吗，我们坐在火车里就像坐在江船里一样，峰回路转，景象刻刻变换，让你目不暇接。我把这个意思告诉我的同伴。我说，没有走过三峡的，看了这里的景象也就可以知道个大概。一位同伴脱口而出说："这个得拍电影！"是的，语言文字的确难以描写，唯一有彩色活动电影才胜任愉快。

虽说山崖迫近，也有不少地段山崖退得远一些儿。这就是所谓第一级台地吧，全都平铺着各种农作物，当然也有树木和村屋。不用想得太远，至少从周秦时代起，古先的农民就在这里翻垦每一块土，他们的汗滴在每一块土里。前一辈过去了，后一辈接上去，无休无歇，直到如今。我们如今看见的那些平田以及山上一鳞一鳞的梯田，哪一处不留着历代农民改造自然的"手泽"？仔细想来，实在是伟大的事业。最近大家认明了总路线，知道农业要经过社会主义改造，不再像以前那样光靠"一手一足之烈"，要大伙儿合起来搞，要逐步机械化。预想改造完成的时候，农村经过飞跃的改变，景象必然跟如今大不相同，那是更伟大的事业了。

第二天早晨醒来，车正靠站，站名梁家坪，距离兰州只有十多站了。连绵的黄色的山，山顶大多平圆。村落里的房屋用黄土修筑的多，偶然看见用砖瓦的。除了地里的农作物和一些树木，就只见浑然一片的黄。可是将近兰州的时候，景象就不同了。显著的是树木多了，这里一丛，那里一丛，树叶还没有落，苍然成林，其中有拂着地面的垂柳。地里界划着发亮的小溪沟，沟水缓缓地流动。好些地里刚灌过，着潮的土色显得深些。那溪沟里的水是黄河水，用大水车引上来。兰州附近一带用水车引黄河水从明朝开始，据说是一位理学家段容思的儿子段续从西南方面学来的。现在有水车两百多架，每架可以灌五十亩到百把亩。

在兰州附近看见好些地里尽是小卵石或是黑色的小石片，平匀地铺在那里，像富春江的江底。我们不明白那是什么玩意儿，打听人家才知道那是兰州农作方面一种特殊的发明。原来兰州的土地干燥，又含着卤质，遇到旱天虽有沟水灌溉，还是嫌干燥，下过大雨卤质就升起来，都对农事不利。于是发明沙地的办法——把湿沙平匀地铺在地面，上面再铺一层小卵石或是小石片来保持它。在旱天，那沙地有减少蒸发保护幼苗的功用，大雨下过，雨水透过沙地渗到土里，卤质不至于升起来，因而水旱都可以不愁。这是很细致很烦劳的功夫，你想，田地多么大，沙和卵石石片就得铺多么大。可是农民为了生产，愿意下这个又细致又烦劳的功夫。据说铺一回沙可以支持三十年，过了三十年沙老了，必须去掉旧沙，换上新沙。

黄河又见面了，在铁路的北面。几个人在河岸边慢慢地走，各掮着个长方形的架子，比人身高，架子上是些胀鼓鼓的东西，看不太清楚。可是我们立刻想到那是羊皮筏。看，黄河上一个人蹲在羊皮筏上轻飘飘地浮过去了。羊皮筏闻名已久，现在才亲眼看见，心中涌起这一回非试它一下不可的想头。

看图表，兰州海拔一千五百公尺。路上经过的寒水岔金家庄两站最高，都在两千公尺以上。从宝鸡到寒水岔是一路往上爬。

1953年12月16日作

游临潼

那一天天气晴朗。上午九点过，我们出西安城往临潼。临潼是西安人游息的处所。逢到休假的日子，到那里去洗一个澡，爬一回山，眺望渭河和田野，精神舒快，回来做工作格外有劲儿。

经过浐河和灞河。浐河上跨着浐桥，灞河上跨着灞桥。灞河灞桥都有名。沛公入关，驻军灞上。唐朝人送出京东去的直送到灞桥，在那里设饯，折柳赠别，以灞桥为题材的送行诗也不知道有几多首。浐河比较小，灞河可宽大，虽然秋季水落，靠两边露出了沉沙，浩荡的气势还是很显然。桥是平铺的，一列的方桥墩，一个个的方桥洞，汽车、大车、行人都在桥上过。岸边有些柳树，并不是倒垂拂地的那一种，也许唐朝人所折的柳跟这个不同吧。

从灞桥柳树想起《紫钗记》传奇里的那出《折柳》。霍小玉就在这里送李益，情意缠绵，难舍难分，说灞桥"分明是一座销魂桥"。可是汤玉茗更改了《霍小玉传》的情节，让李益往河西参军，往河西怎么倒朝东走？这与其说是作者的小小疏忽，不如说他舍不得灞桥折柳的故事,定要拿来做他传奇的节目。反正像作画一样,花无正色鸟无名,只要取个意思就成,既是传奇里的动人场面,又何必核实方位,究东问西呢?

在右手边望见一座新建筑,矗起个又高又大的烟囱,形式简净明快,大玻璃窗一排上头又是一排。铁路的支线跟公路交叉,横过去直通到新建筑那里。那是西安第二发电厂,去年十一月间开的工,不到一年工夫,今年十月九日已经举行了庆祝落成发电的剪彩典礼。最新式的设计,最新式的机器,最先进的技术,机械化、自动化达到了很高的程度。厂里现有的设备全部开动起来,发电量等于西安第一发电厂的两倍。在今后的两三年内,西安、咸阳地区的工业生产用电和城市居民用电这就可以充分供应了。

两旁地里的小道上三三两两有人在走动,都汇合到公路上来。老汉衔着旱烟管。老太太带着小孙女儿,手里拄着拐杖,可是脚步挺软爽。壮年男子跑得热了,簇新的青布棉短褂搭在肩上。年轻妇女当然爱打扮,无论留发的剪发的都把头发梳得整整齐齐的,有些个留发的还在发髻旁边插朵菊花。他们大都有说有笑的,瞧那神气好像赴什么宴会。

不断汇合到公路上来的行人越来越多,看,大车也不少呢。一辆大车往往挤着一二十人,偏着身子,挨着肩膀,有些人两条腿挂在车沿,那么一颠一荡地按着韵律前进。骡子拉着重载本来跑得慢,又因出生在乡间,跟汽车还有些生分,见我们的汽车赶过去,它索性停了步。于是赶车的老乡下来遮住骡子的视线,我们的汽车也开得挺慢,那么轻轻悄悄地蹑过去。

打听之后才知道斜口逢集,这些人大都是赶集来的。我们停车去看看。经过一条小道,从一排房子的后面抄过去就是斜口。铺子前面一些摊子已经摆得端端正正了——卖东西的到得早。菜蔬,布匹,饮食,杂用零件,陈设跟一般市集差不多。需要东西的人这边看一看,那边挑些合用的什么,或者坐下来吃一碗泡馍,几乎可以说摩肩接踵,颇有一番热烘烘的景象。市梢头陈列着许多木柜子和门窗槅扇,全是木工的手制品。秋收差不多了,农民们添置个新柜子储藏家用东西,或者买些现成的门窗槅扇把房子刷新一下,这也是改善生活的要求,料想四年以前的市集该不会有这些东西吧。

十点半到临潼。并不进临潼县城,径到华清池。这一带树木比一路上繁茂,苍翠成林。仰望骊山不怎么高,可是有丘壑,有丘壑就有姿致,绿树红叶跟山石配合,俨然入画。从前唐明皇在这里修华清宫,周围起些公卿的邸宅,不致孤单寂寞,于是在华清池洗洗温泉澡,在长生殿跟杨玉环起个鹣鹣鲽鲽的恩爱誓。就享乐方面说,他可真是个老在行。

现在所谓华清池是个紧靠着骊山的花园布置。纯粹中国式,有假山、回廊、花栏、荷池、小桥,亭馆全用彩椽,当然,浴室也包括在里头。花栏里菊花、西番莲、美人蕉开得正有劲儿,还有些粉红的大型月季——这时候还开月季,可见地气之暖。荷池里只剩荷梗了,几

游临潼

只鸭悠然浮在池面。这池水是从温泉引过来的,因而想起"春江水暖鸭先知"的诗句。

我们不急于洗澡,先去爬山。目的在看西安事变那时候蒋介石躲藏的处所。从华清池右边上山。土坡缓缓地屈曲地往上延伸。路不算窄,大概可以并行两辆汽车,是新修的。路旁边栽些槐树。将近半山腰才是比较陡的石级,登完石级就到捉蒋亭。亭子后面朝石壁。亭子里正面上方题一段文字,叙述西安事变前后经过的大略情形。两三个老乡为游人指点蒋介石躲藏处,其说不一。一个说亭子后面那石壁稍微凹进去像个洞子,那夜晚蒋就像耗子似的躲在里头。一个说他还想往上逃,不知是光脚底跑破了还是挫伤了腰,再也跑不动,只好闪在右手边那块岩石的侧边。听起来总不离这一带石壁。为了掩饰蒋的丑,国民党反动派就在这里修个亭子,取名叫"正气亭"。正气,这是文天祥用来题他的诗歌的,反动派可窃取珍贵的珠花往癞子脑壳上插戴。单是这个冒用美名的罪名,他们就十恶不赦。不过反动派全惯于搞这一套,你看,帝国主义者不是总把他们那些个乌烟瘴气的国度叫做"自由世界"吗?新中国成立以后,据实定名,亭子叫捉蒋亭,连同亭子里的那段文字,可以让游人知道个真情实况。

坐在捉蒋亭的台阶上休息。朝北望去,眼界宽阔极了。明蓝的晴空无边无际。渭河和它的支流界划着远处的平原,安安静静的。近处这里那里一丛丛的树林。地里差不多全种菜蔬,特别肥美,嫩绿浓绿都像起绒似的。通常说锦绣河山,这眼前的景物可真是一幅货真价实的锦绣。

下山吃过饭，在华清池旁边一家小茶馆前喝茶。帆布躺榻，矮矮的桌子，有成都茶馆的风味。茶馆老板是个爱说话的人，偶然问他几句，他就粘在那里舍不得走开。他指着半山腰的捉蒋亭，说当年捉住了蒋介石送西安，就在茶馆门前上的车——穿的单衫，一位弟兄好意，给他穿了件棉军衣。他说："蒋介石这副形容去西安，来的时候可神气呢。一路上两旁布岗位，比电线杆子密得多，上刺刀的枪横在腰间，脸全朝外，他在汽车里只看他们的后脑勺。地里做活的全都让他给赶回去，不问你的活放得下手放不下手。不用说，我们这些小铺子也非关门不可，你得做一天吃一天，那是你的事，他不管。"

模仿了几声枪响之后，茶馆老板接着说："我想，他们准是开会谈不拢，闹翻了。亏得他们闹翻，我这小铺子才得就开门。要是他住在这里过个冬，我怎办？……后来他还来过一趟，照样布岗位，照样赶地里做活的回去，叫铺子关门。他穿一件长袍子，抬起尖下巴朝山上望了一会儿，不知道他想些什么。不多久汽车就开走了……"

茶馆附近有两个水果摊子，带卖菜蔬。曾听说临潼石榴有名，我们就买石榴。摆摊子问要酸的还是甜的。我们说当然要甜的。可是一问价钱，酸的贵一倍。什么道理呢？茶馆老板又有话说了。他说酸石榴什么病都治，妇道人家尤其爱吃。大概病人胃口不好，什么都没味，吃些酸东西倒有爽利的感觉，那是真的。说什么病都治，未免夸张过分了。至于多数妇女爱吃酸是实情，恐怕是生理的关系，不大清楚。我们反正不生病，还是买了甜的，确然甜。

摊子上还有苹果和柿子。柿子分两种。一种是大型的，朱红色，各地常见，一种是小型的，大红色，近似苏州的"金钵盂"和杭州的"火柿儿"。这种小型的柿子在西安市上见过，没注意，这回可注意了，因为联想到苏州的金钵盂。我从小不爱吃那朱红色的大型柿，生一些的，涩味巴着舌头固然难受，熟透了的，那甜味也怪腻，没有鲜洁之感。我只爱吃金钵盂。自从离开了苏州，经常遇见那些大型的，我从来不想拿一个来尝尝，可以说跟柿子绝缘了。现在看见这近似金钵盂的小型柿，不由得回忆起幼年的嗜好。捡一个熟透了的，轻轻地撕去表面那一层大红色的衣，露出朱红色的内皮，还是个柿子的形状，送到嘴里，甜得鲜洁，跟金钵盂一个样，而且没有硬核——金钵盂有硬核，或多或少。这种柿子是临潼的特产，名叫火柿，跟杭州相同。

临潼的菜蔬，白菜、花菜都好，韭黄尤其有名，在西安都吃过了。菜大都肥嫩，咀嚼起来没有骨子，很和润地咽下去。韭黄爽脆极了，咀嚼的时候起一种快感，汁水有些儿甜味，几乎没有那股臭气，吃过之后口齿间又绝不发腻。

茶馆的右手边就是公共浴池。温泉养成了临潼人勤洗澡的习惯，应该有公共浴池满足大众的需要。分男的和女的，都在屋子里，规定每天开闭的时间。我们去看男浴池。一股热气，比澡堂子里的大池子大。屋内光线不太强，可是看得清池水是清澈的。十来个近乎酱赤色的光身子泡在池水里,有几个只透出个脑袋。池沿上也有十来个人,正在擦呀抹的。

于是我们重入华清池。那一天不是星期日,等了大约一刻钟工夫就轮到我们洗澡了,据说星期日买了票等两三个钟头是常事。华清池内也有大池子,浴室分单人的、双人的,还有一间四个人的,美其名曰"贵妃池"。我和三位朋友挑了贵妃池。

池作长方形,周围全砌白瓷砖。一边一个台阶,没在水里,供洗澡的坐。不坐那台阶而坐在池底,水面齐脖子,四个人的手脚都可以自由舒展,不至于互相碰撞。水清极了,温度比福州的温泉和重庆的南温泉、北温泉似乎都高些(我只洗过这三处温泉),可是不嫌其烫。论洗澡是大池子好,你可以舒臂伸腿,转动身躯,让热水轻轻地摩擦你周身的皮肤,同时你享受一种游泳似的快感,在澡盆子里洗差多了,你只能直僵僵地躺在里头让热水泡着,两边紧紧地挨着,不免有些压迫之感。这贵妃池虽然不及大池子宽广,也尽够自由活动了。我们足足洗了三十分钟,轻松舒快,身上好像剥去了一层壳似的。起来之后倒茶壶里的水尝尝。那是煮过的温泉水,清淡,没有什么矿质的气味。

澡洗过了,到夜还有两点来钟,我们去看秦始皇墓。起先车顺着公路开,后来转入田地间的小道。一路上多的是柿子树,柿子承着斜阳显得更鲜明。没有二十分钟工夫就到了秦始皇墓下。那是个极大的土堆,据说地盘有四百亩,原先还要大得多。大略有些像金字塔,缓缓地斜上去，除了土面的草而外，什么也没有。骊山默默地衬托在背面。这一面山上红叶特别多，山容比华清池那边望见的似乎更好看。从墓顶往下望，平原上红柿子宛如秋夜的星星，洋洋大观。听说春天是一片桃花和杏花。

秦始皇墓让古来所谓"发冢"的发掘过好多回了，按《史记·高祖本纪》的记载，项羽是头一个。他们的目的无非在盗些宝物。往后在研究古代文物的整个计划之下，这座陵墓该来一回科学的发掘。前些日子在西安的《群众日报》上看见一位先生的文章，说这一带农家常捡到古砖，又掘到过埋在地下的古时的排水管，发现过还看得清形制的建筑结构，等等。猜想起来，发掘该不会一无所获，或许竟大有所获，使历史家、考古家高兴得不得了，互相庆幸又得到了可贵的新资料。当然，这只是外行人的想头，未必有价值。——再说句外行话，要是古代通行了火葬，不搞什么坟墓，现代的历史家、考古家至少要短少一大宗重要的凭借吧。

上了车，在小道上开行，忽听当的一声，以为小石子打在钢板上，没有事。可是回头一看，小道上画了很长的一条，是乌绿的机油。车底盛机油的部分破了。于是停车，司机仰着身子钻到车底下去检查。站起来的时候是两泡眼泪，一只手尽拍前额，几乎哭出声来。小道中间高两边低，车底当然接近些地面，车轮子滚过，小石子当然要蹦起来，完全没有理由怪到他，可是爱护公共财物的观念叫他淌了眼泪。

大家说有什么哭的,想办法要紧。吉普车的那司机说机油漏光了,花生油什么的可以代替,油箱的窟窿呢,塞一把土,拿布裹一裹,栓一下,就成了。——听那司机说办法,我立刻想起在巫山下经历的事。那一年冬天从重庆东归,飞机、轮船全没份,我们六十多人雇了两条木船。一天黄昏时分歇碚石,拢岸了,一条木船触着江边的石头,船侧边一个窟窿,饭碗那么大,那时候的惊慌情状不必细说,幸而没有事,只灌湿了好些箱笼书籍。你知道管船的怎么修补那穿了窟窿的破船?一大碗饭,拿块不知从哪里撕下来的布一裹,往窟窿里一塞,再钉上块木板,第二天早晨就照常开船了,急救治疗就有那么一手。

两个司机作急救治疗去了,我们跟几个农民商量油的事情。农民们说村里各家去问问,大家凑一些,不过要六七斤怕凑不齐。一会儿村干部也来了,问明白之后说:"总得想办法,保证你们今夜晚回西安。"

太阳落下去了,道旁场上有个四十来岁的农民在收晒在那里的棉花,一大把一大把地往筐子里塞。我们跟他攀谈,不免问长问短,最后请他说说今昔的比较。他把手在筐子边上一按,似笑非笑地说:"从前吗,搞出来的东西人家给拿走了,人还不得留在家里。现在搞出来的是自家的了,人也能安安心心地留在家里了。"

他这个话多么简括,说出了最主要的。在今年,他那"自家的"里头包括新盖的房子,新买的一头小牛——他那村子里有八家盖了新房子呢。真的事实，亲身的体会，什么道理都容易搞明白，搞得明白自然能够简括地扼要地说出来。在社会主义改造完成之后，就是这个农民，今天在这里一大把一大把往筐子里塞棉花的，他一定会说："从前吗，一家人勤勤恳恳地搞，可是搞不怎么多，比工人老大哥差得远。现在大伙儿合起来搞，比从前好多了，我们跟得上工人老大哥了！"

凑来的油灌好，汽车开动，已经七点多了。月亮还没升起来，车窗外的景物都成了剪影。老远就望见西安第二发电厂烟囱高头极亮的红灯，那是航空的安全设备。

1953年12月27日作

坐羊皮筏到雁滩

初次看见羊皮筏的照片在二十年前。凭这个东西可以在水上行动，像陆上坐车似的，虽然没有什么不相信，总觉得有些儿特别，有些儿异感。再说这个东西的构造也看不大清楚，胀鼓鼓的仿佛一笼馒头，说是羊皮，可不知道怎么搞的。这回到兰州，才亲眼看见羊皮筏，而且坐了羊皮筏过渡到雁滩——雁滩是黄河中的沙洲。

羊皮筏用的是整张的羊皮。我说整张，也许会引起误会，会叫人家想起做皮袄皮袍子的皮料那样的整张。因而必须赶紧说明，并不是那样展开的整张。打个比方，好比蛇蜕下来的皮，蛇爬到别处去了，蜕下来的皮留着，虽然那么瘪瘪的，可还是蛇的形状——是那样保持着原状的整张。宰羊的人剥羊皮（不用说，羊毛先剃光了），让羊皮从肌肉骨骼上蜕下来，整张上只有四个窟窿。前肢在膝盖的部位切断，一边一个窟窿。脑袋去掉，脖子的部位一个大窟窿。两条后肢全去掉，臀部的一个窟窿更大。把三个窟窿拴紧，留下一个吹气（为方便起见，当然在前肢的两个里头留一个），吹足了气也把它拴紧。于是成了个长形的气囊，还看得出羊身体的形状。

四个或五六个气囊并排连成一排，看羊皮的大小而定。又把三排气囊直里连起来，就成个长方形的连接体。一个连接体少则十二个气囊，多则十五六个。在这连接体上平铺一个长方形的木架，用绳子系着。木架的结构像个横写的"册"字——当然只是大略的比拟罢了，"册"字底下没有一画，可是那架子底下有一画，"册"字只有四直，可是那架子有十多直，两直之间的距离比人的脚短些，一只脚可以在两直上踏稳。这就齐全了，羊皮筏的装置尽在于此了。

不知道一个羊皮筏有多重。看来不会太重，因为筏工用一条扁担支着它，把它背在背上，一只手按住扁担的另一头，走起来挺轻松的。有人雇乘了，讲好价钱，筏工就把它放在河沿水面上，让乘客跨上去。

还有牛皮筏，我们没看见。听说牛皮筏是装重载的，支起篷帐，里面住人。顺流而下驶往宁夏。要是把牛皮筏比做运货大卡车，那么羊皮筏就是小汽车，坐这么几个人，在近处兜兜罢了。

我们听过朋友的解说，说羊皮筏非常稳当，绝对保险，虽然看起来有些异样，跟习惯的船只很少相同之点。我们跨上去，有些晃荡，可是不比西湖里的小划子晃荡得厉害。照惯例，乘客应当两只脚踏在两条横木上，身体蹲下来，着力在两条腿上。我腿力不济，没法蹲，只好一屁股坐下来，下面贴着木条和羊皮。我们四个人，加上筏工跟一个附载的挑面粉的，筏上共载六个人。

羊皮筏吃水极浅，所以能贴近沙滩，便于上下。羊皮筏有弹力，碰着滩石就弹开来，不至于撞破，就是撞破了一个气囊，还有其他十几个气囊在，影响并不大。羊皮筏的底跟面一般大小，就是在水势大风浪猛的时候，也不过跟着波浪上落而已，无论如何打不翻。我们坐在羊皮筏上谈着这些个，觉得非常稳当的说法确然属实。还有一层，我们想，要是兰州一带羊肉的消费量不怎么大，恐怕也不会有什么羊皮筏吧。

筏工把扁担插入黄流，悠然划着——扁担的身份改变了，它又是桨，又是舵。雁滩横在前面，林木繁茂，金黄色的斜阳照着，一派气爽秋高的景象。对岸的山峯列在雁滩背后，沉默之中透着庄严。朝左望上游，朝右望下游，虽然秋季水落，还是有浩荡渺茫的气势。身下的羊皮筏太藐小了，不妨看做没有这个羊皮筏，于是我们觉得我们跟大自然更亲密了，我们浮在水面上，我们的呼吸跟黄河的流动、连山的沉默、青天的明朗息息相通。往年在四川乐山，渡江游凌云山、乌尤山，方当水涨，小划子在开阔之极的波面上晃荡，我也曾有过同样的感觉。

没有十分钟工夫就到了雁滩。从前没住人的时候，这河中的沙洲当然是雁栖息之所——雁滩原是个写实的名称。同时又富有诗意画意，古来取雁宿洲渚为题材的也不知道有几多诗篇画幅。现在滩上住着好些人家，都以种菜为业，又有公家的农场苗圃，雁大概不会下来栖息了吧。可是雁滩还是个挺耐人寻味的名称。

我们先往农场。果树上没有什么果子了，可是会客室桌子上陈列着两大盘苹果，色彩不一，又好看又大，几乎可以说耀人眼睛。招待我们的一位同志说场里苹果的品种很多，盘子里是四种。又说果子都藏在地窖里了。数量不多，还不能普遍供应。又说农场的任务之一是推广优良品种，兰州产瓜果本来有名，再在选择品种上下工夫，前途更光明了。他一边说一边让我们尝苹果，尝了一种又尝一种，把四种尝遍。

最大型的一种叫"大元帅"——这名称大概就从大型而来，皮作红绿两色，红的地方鲜红，绿的地方翠绿，味甜，入口有松爽的感觉。另一种叫"印度"，皮纯青色，入口爽脆极了，鲜美极了。第三种叫"青香蕉"，跟"印度"一样作纯青色，稍稍淡些，带着香蕉的香味。第四种叫"玉霞"，皮作黄色——像半熟的香蕉那样的黄色，口味也挺不错。很难说四种里头哪一种更好，很难想起以往吃过的苹果也有这么好，一时间尝到这些个好品种，真可以说此游一乐。

尝着好苹果，同时想起幼年吃的苹果。那是四五十年前的事了。中秋前后，苏州水果铺里苹果上市了，至多不过陈列这么五六十个，红绿色的表皮上大多印着黄锈的斑痕，大的有铜元那么大。无所谓这种那种的分别，只知道这叫做天津苹果，老远地走海道来的。吃这种苹果也无须用刀子削皮。一般人都用大拇指的指甲从果柄的部分刮到结蒂的部分，好比在地球图上画经线，把整个苹果刮遍。于是表皮就可以撕下来。把撕了皮的苹果送到嘴边一口一口地啃，酥极了，宛如吃豆沙包子，舌头上辨得出细沙似的颗粒，咽下去有饱的感觉。我小时候以为苹果就该那么吃，苹果的味道就是那么不爽不利、黏舌腻喉的，老实说，我对苹果没有多大好感。后来在上海吃新鲜苹果，方才领略到苹果的爽脆和鲜美，好就好在这个爽脆和鲜美，小时候的认识完全不是那么一回事。可是历年吃的新鲜苹果也不算少，仿佛全比不上这回在雁滩吃的。

在雁滩谈起瓜，没吃瓜，可是在别处吃了。兰州的瓜太好了，不能不连带说一说。我要说的叫绿瓤甜瓜，属于香瓜一类。香瓜一类跟西瓜一类的主要不同点，瓤和肉可以划然分开，不像西瓜那样肉连着瓤，没有显著的界限。咱们吃西瓜吃它的瓤，吃香瓜不吃瓤，吃它的肉。这些都是大家知道的，不必细说。香瓜一类通常有黄金瓜、翠瓜，大略有些儿香味，不怎么甜，有的绝然不甜，上市的时候，咱们也爱尝一尝，应个景儿，可是总不能成为咱们的嗜好。离苏州三十六里有个乡镇叫甪直，我在那里住过好几年，那里出产一种苹果瓜，形状像苹果，小饭碗那么大，青皮绿肉，比一般黄金瓜甜些，苏州一带认为名贵的品种，实际上也不过如此。兰州的绿瓤甜瓜也大略像苹果，有儿童玩的小足球那么大，皮作白色，白里带黄，并不好看，切开来可好看了，嫩绿的肉好像上品的翡翠。咬一口那嫩绿的肉，水分多，味道甜而鲜，稍稍咀嚼几下，就那么和润地咽下去，仿佛没有什么质料似的。吃过一两块，只觉得甜美清凉直透心脾，真可以说无上的享受。这种瓜可以久藏，到春节的时候拿出来，是绝妙的岁朝清赏。

还得说一说哈密瓜。兰州市街在一个拐角处聚集着好些家回民开设的铺子,贩卖新疆的土产特产,哈密瓜就在那里买。哈密瓜也属于香瓜一类,形状像橄榄球,大小也相当。皮作暗绿色,粗糙,有细碎的并不深刻的裂纹。切开来,肉作淡黄色——也可以说淡红色,跟南瓜差不多。甜味似乎比绿瓤甜瓜厚些,不如绿瓤甜瓜的清,水分也比较少些。哈密瓜声名很大,在往时,绝大多数人仅闻其名,不知道究竟是怎么样一件东西。往后交通日益发展,铁路网像蜘蛛网似地结起来,一方面产地讲究培植,提高产量,我想,哈密瓜和兰州的绿瓤甜瓜、"大元帅"之类必然会在各地水果铺里出现,家喻户晓,像广东香蕉、天台柑橘一样。

说得远了,现在回到雁滩。我们吃过苹果,就出来随处看看。这里是苹果树,那里是梨树、桃树。白杨的苗木密密地插在那里,只看见平行的直干子。沙路旁边的槐树伸展着近乎羽状的叶片。垂柳倒挂下来,叶子一动不动,虽然到了深秋时节,仿佛还不预备凋零似的。四围寂然,只听见黄河流动的静静的声音。这雁滩是兰州人游息的地方,尤其在夏天。工作人员逢到假日来这里消磨这么一天半天,好在四围全有树木,无论上午下午都可以遮荫,沙地上坐坐躺躺又是挺舒服的。放暑假的学生几乎把这里看做第二学校,大伙聚在一块儿,看一回书,做一回游戏,开一个什么会,比平时的学校生活还要愉快。兰州夏天本来不怎么热,这雁滩尤其凉爽。在这凉爽的境界里,看那庄严静穆的山峦、浩荡渺茫的黄河,看那山光水色随着朝晚阴晴而变化，简直是精神上洗一回澡，洗得更见清新，更见深湛。好些个农民挑着满担的花菜往河边，搭乘羊皮筏。那花菜是才在地里割的，赶紧挑出去，下一天早晨兰州市上就有"还没断气"的新鲜花菜。

　　暮色压下来了，压着连山，压着林木，压着黄河，也压着我们的眉梢。于是我们又跨上羊皮筏。

1954年1月10日作

林区二日记

8月8日立秋，上午10点过，我们在牙克石登火车，往大兴安岭林区。牙克石在大兴安岭西边，我们要去的甘河在大兴安岭东边，相距三百五十公里。先经过草原地带，各种草开各色花，就像是到处飞舞着嬉春的彩蝶。既而两旁有散立的松树和白桦了，有缓缓起伏的冈陵了，冈陵上松树和白桦成林。下午4点光景到陵顶站，看站名就知道这儿是这条线路的最高处。在站上望岭北，满眼是绿，多宽广的林海啊！于是我得到两句诗："连山林绿真成海，满地花鲜胜似春。"

一路上逢站停车，停车的时候往往交车。开过来的车全装木材，截得长短如一，叠得整整齐齐。在岭顶站就见一列车蜿蜒而上，出没在林海之中，像一条龙。从前人赞美出山的泉水，因为泉水出了山就要去沾溉大地。这些出山的木材啊，要送到全国各地，支援各方各面的基本建设，同样值得赞美。而木材不会像泉水那样自己跑出去，这就该转而赞美伟大的人力了。听牙克石的萨书记说，从第一个五年计划时期到如今，大兴安岭林区已经输出木材二千万立方米。

身到大兴安岭。才发觉平时的想象错了，同行的人差不多都有这个感觉。从一个"岭"字，就想象到秦岭那样岩峦磅礴，长江三峡那样峰岩重叠，哪里知道完全不对，就是站在岭顶上，前瞻后顾，也只见缓缓起伏的绿浪而已。别处山上树木杂，长得参差，又兼有一搭没一搭的，就见得山形勾勒分明。大兴安岭的林木，百分之八十以上是落叶松，长得整齐，而且略无缺处，远远望去，漫山遍野铺着绿色的绒毯，使群山的线条显得那么柔和，几乎难分界划。我作了这样一首诗：

    母林绿暗幼林鲜，嫩绿草原相映妍，
    间以桦林挺银干，画家着笔费精研。

  我想同样是绿，要分明暗老嫩，这不太容易着笔。而明暗老嫩的界划不甚分明，又加一重难处。至于白桦林，我觉得那些银亮的笔直的线条，掺杂在各各不同而又非常融和的绿色里头，仿佛很调和似的，用画笔来描绘，要是线条生硬一些，选用颜料欠一些斟酌，怕就表现不出那调和的意味，甚至会显得刺目。当然，这只是外行人替画家担忧的想头。

  再说落叶松，平时从没想到松里头也有落叶树，总以为松柏联称，凡是松全都是四季青青的。既然落叶，可以想象凉秋而后，整个林区将会变为挺立着亿万株冲天直干的冰雪世界。改换冬装就改得那么彻底。听说落叶松的球果，每颗是三十二个鳞片，每个鳞片有两粒种子。种子长着翅膀，乘风而飞，能达一百米。靠种子的飞翔自然繁殖后代，也不知道经过了多少年岁。可是现在人们采集了种子种在苗圃里，培育成幼苗，再移植到别处去。人工繁殖当然能够称人的心意，环境安排，日常养护，都可以尽往好的方面做，其结果是得到成长较快质量更好的木材。木材用作煤矿的坑木是一大宗，其他如枕木和电线杆，还有房屋的梁和柱子，也多用落叶松。松树皮可以提炼单宁，在化学工业方面，是一种极重要的原料。

白桦的用处也不小。木材可以制高级的胶合板，中含糖分很多，可以制糖。树皮可以提炼汽油，总之，如果列一张综合利用表，项目要多很多，我弄不明白，只好从阙。那白桦皮非常可爱，像是细银丝编排成的，闪闪发亮。剥去银亮的外层，里层作玉润的象牙色，文理那么匀净细腻，叫你不敢心粗气浮随便把它撕破。无论外层内层，如果取作室内的护壁，我以为比糊上花纸漂亮，雅致。不知道有没有建筑家考虑过。

树木当然不止落叶松、白桦两种，还有榆、柳、青杨、樟子松之类，所占成数不大，只是附庸而已。

火车到达甘河在夜间12点，我们已经入睡了。第二天清早，林业局十几位同志来相迎，到局中小憩，并进早餐。解放之初，就在林区成立三个林业局，工人仅有两千多。逐步发展，到现在已经有二十五个局，三个筹备处，干部工人共有十万二千人。各个局是独立的企业单位，由林业管理局统辖。局在林区分设若干林场，为管理的分支机构。林场又分设若干工段，实做采伐运输培育各项工作。这么多的人深入林区，还有家属，一切生活上的需要都得供应，文化教育上的需要也必须满足，因而一个林业局不仅是一个企业单位，实际上就是一个新的市镇。跟许多矿区垦区水利工程区一样，从前是渺无人烟，仅有自然景物，如今建设起新的市镇，千千万万人在那里安居乐业，为社会主义事业尽力：想想这情景，是多么伟大的转变啊！

进早餐的时候，听说有一位鄂伦春族的青年干部，从鄂伦春自治旗来的，我们就拉他过来，请他边吃边谈。他叫泉博胜，中学毕业，身体壮健，面目清秀，穿一身蓝布制服，说汉话挺流畅。他说鄂伦春族从前过部落生活，每个部落七八户，部落长由大家公推。猎获野兽，平均分配，没有争执。向不定居，哪里有野兽就赶到哪里。麻疹和风湿病是可怕的病患，敬撒满神求治，当然没有什么效果。拿猎获的野货跟外间换一些日用品，受尽人家的欺侮和剥削，不忍细说。新中国成立以后才像登了天。鄂伦春自治旗建立起来了，到今年国庆节是十周年，族人聚居在旗里的有一千多，还有定居在别地的。各方面得到政府的特别照顾，健康情况大好，青少年都上学，已经有受高等教育的了。他说族人的特点是勇敢而和气，打猎从小学会，他自己打猎的本领就很不错，并非夸口。又说他已经结婚，爱人是汉族，在从前当然是不可能的。

早餐过后，我们上小火车，要经过五十公里，到一处地方叫库中。小铁路是林业管理局所修，轨距零点七六二米。管理局还修好些公路。所以林区的交通线真可以用蛛网来形容，主要为的运木材，也便利工人上班下班。我们所乘的车，构造和大小，跟哈尔滨儿童铁路的客车相仿，双人板椅坐两个人，左右四个人，中间走道挺宽舒。车开得相当慢，慢却好，使贪看两旁景色的人感到心满意足。车窗外就是树木，树木外边还是树木，你说单调吧，一点儿也不，只觉得在林绿之中穿行异常新鲜，神清气爽。古人栽了几棵梧桐或者芭蕉，作诗就要用上"绿天"，未免夸大。这时候我倒真有"绿天"的实感，要是掺些想象的成分，竟可以说映人衣袂都绿。既而看见一条河道与铁路平行，一打听知道这就是甘河，水清见底，水草顺着流向徐徐袅动。我又得诗一首：

波梳水草成文理，澄澈甘河天影蓝，

高柳临流蝉绝响，清秋景色宛江南。

我注意到绝未听见蝉声，后来与老舍先生交换看诗稿，不约而同，他也有"蝉声不到兴安岭"之句。究竟是兴安岭上根本没有蝉，还是岭上气候较凉，蝉声早歇，我们二人都不知道。问几位陪我们入林的同志，也没得到确切的回答。

午后12点半到库中，一下车就往左边的原始林跑去。所谓原始林，就是从没经过采伐的，那些树自生自枯，世代相传，占着这块地方，并且逐渐扩大领土。拿落叶松来说，从幼苗到长足要一百年到一百二十年，看年轮就可以知道。而从长足到枯死，到腐朽，又不知道要经过多少年。眼前这些挺得高高的生气蓬勃的落叶松，是开始居留在这里的祖先的第几代后裔呢？脚踏在地上，软软的，陷到脚踝，原来青草和结着浆果的小灌木底下，尽是松针和断枝碎皮，或者已经腐烂，或者将腐未腐，也不知道有多少厚。这些松针和断枝碎皮，是多少世代的生命的残骸呢？边跑边想，总觉想不清楚。

挑定一处地方，在地上铺了几方毡毯，大家坐下来。我学几位同志的样，索性躺下来，伸展四肢，仰而朝天，看明蓝的高天和悠闲的白云。落叶松的树冠并不相互邻接，因而不至于翳天蔽日，阳光漏下来，照得身上微微发汗。望那些树干，挺极了，好像都不是静止的，棵棵都在往上伸，直欲伸到蓝天。忽然听见枪响，就有人说打中了，是一只乌鸡。谁打的？当然是泉博胜。泉博胜证实了他并非夸口，好几个人背着枪捧着乌鸡照相，分享他的成功的欢快。乌鸡大如鹅，全身乌黑，只翅膀边上有几片白羽。

在原始林中野餐，在原始林中听歌看舞蹈，全是平生所未经，那新鲜意趣实在难写难描。既而工人为我们表演锯树。一个人一条腿跪在地上，手里的锯离地不到一尺，就树干的这边锯，又就树干的那边锯，大约五分钟光景，一棵落叶松就横倒了。数数年轮，八十多岁。还没长足。又改用柴油锯锯另外一棵。柴油锯不须人力推拉，省力气，锯得快，只消两分钟，树就横倒了。听说还有一种电锯，也锯得快，可是电缆横在地上未免碍事，不及柴油锯方便。

锯树总算看到了，但是没看到一个工段多数工人在那里采伐的热闹场面。刚交秋令，还没下雪，大量木材从冰道上滑下去的情景当然无从看到。大家说，到冬季咱们再来吧。因为林区管冬令叫黄金季节，采伐运输最繁忙，看辛勤的人在冰天雪地里活跃，精神上该会得到极大的鼓舞。

在回到甘河的车中，我回味原始林中的印象，又作一首诗：

株株竞上望如伸，原始林中卧碧茵。
倏见乌鸡应声坠，神枪无愧鄂伦春。

1961年10月27日作

/叶圣陶散文精选/

过去随谈

我们有个好传统,
求知识做学问要讲"躬行实践",
要讲"有诸己"。
知识学问不是装饰品,
为了充实生活,
为了做社会里一个有意义的人,
为了社会的进步和发展,
所以我们要求知识做学问。

谈成都的树木

前年春间，曾经在新西门附近登城，向东眺望。少城一带的树木真繁茂，说得过分些，几乎是房子藏在树丛里，不是树木栽在各家的院子里。山茶、玉兰、碧桃、海棠，各种的花显出各种的光彩，成片成片深绿和浅绿的树叶子组合成锦绣。少陵诗道："东望少城花满烟，百花高楼更可怜。"少陵当时所见与现在差不多吧，我想。

登高眺望，固然是大观，站到院子里看，却往往觉得树木太繁密了，很有些人家的院子里接叶交柯，不留一点儿空隙，叫人想起严译《天演论》开头一篇里所说的"是离离者亦各尽天能，以自存种族而已，数亩之内，战事炽然，强者后亡，弱者先绝"，简直不像布置什么庭园。为花木的发荣滋长打算，似乎可以栽得疏散些。如果处在玩赏的观点，这样的繁密也大煞风景，应该改从疏散。大概种树栽花离不开绘画的观点。绘画不贵乎全幅填满了花花叶叶。画面花木的姿态的美，加上所留出的空隙的形象的美，才成一幅纯美的作品。满院子密密满满尽是花木，每一株的姿致都让它的朋友搅混了，显不出来，虽然满树的花光彩可爱，或者还有香气，可是就形象而言，那是毫无足观了。栽得疏散些，让粉墙或者回廊作为背景，在晴朗的阳光中，在澄彻的月光中，在朦胧的朝曦暮霭中，玩赏那形和影的美，趣味必然更多。

根据绘画的观点看，庭园的花木不如野间的老树。老树经历了悠久的岁月，所受自然的剪裁往往为专门园艺家所不及，有的竟可以说全无败笔。当春新绿芃葱，生意盎然，入秋枯叶半脱，意致萧爽，观玩之下，不但领略他的形象之美，更可以了悟若干人生境界。我在新西门外，住过两年，又常常往茶店子，从田野间来回，几株中意的老树已成熟朋友，看着吟味着，消解了我的独行的寂寞和疲劳。

说起剪裁，联想到街上的那些泡桐树。大概由于街两旁的人行道太窄，树干太贴近房屋的缘故，修剪的时候往往只顾保全屋面，不顾到损伤树的姿态，以致所有泡桐树大多很难看。还有金河街河两岸以及其他地方的柳树，修剪起来总是毫不容情，把去年所有的枝条全都锯掉，只剩下一个光光的拳头。我想，如果修剪的人稍稍有些画家的眼光，把可以留下的枝条留下，该会使市民多受若干分之一的美感陶冶吧。

少城公园的树木不算不多，可是除了高不可攀的楠木林，都受到随意随手的摧残。沿河的碧桃和芙蓉似乎一年不如一年了，民众教育馆一带的梅树，集成图书馆北面的十来株海棠，大多成了畸形，表示"任意攀折花木"依然是游人的习惯。虽然游人甚多，尤其是晴天，

过去随谈

茶馆家家客满,可是看看那些"刑余"的花树以及乱生的灌木和草花,总感到进了个荒园似的。《牡丹亭·拾画》出的曲文道:"早则是寒花绕砌,荒草成窠。"读着很有萧瑟之感,而少城公园给人的印象正相同。整顿少城公园要花钱,在财政困难的此刻未必有这么一笔闲钱。可是我想,除了花钱,还得有某种精神,如果没有某种精神,即使花了钱恐怕还是整顿不好的。

1945年3月5日作

(原载1945年《成都市》创刊号)

做了父亲

假若至今还没有儿女，是不是要与有些人一样，感到是人生的缺憾，心头总有这么一个失望牵萦着呢？

我与妻都说不至于吧。一些人没有儿女感到缺憾，因为他们认为儿女是他们份所应得的，应得而不得，当然要失望。也许有人说没有儿女就是没有给社会尽力，对于种族的绵延没有尽责任，那是颇为冠冕堂皇的话，是随后找来给自己解释的理由，查问到根柢，还是个得不到应得的不满足之感而已。我们以为人生的权利固有多端，而儿女似乎不在多端之内，所以说不至于。

但是儿女早已出生了，这个设想无从证实。在有了儿女的今日，设想没有儿女，自然觉得可以不感缺憾；倘若今日真个还没有儿女，也许会感到非常寂寞，非常惆怅吧。这是说不定的。

"教育是专家的事业"，这句话近来几乎成了口号，但是这意义仿佛向来被承认的。然而一为父母就得兼充专家也是事实。非专家的专家担起教育的责任来,大概走两条路:一是尽许多不必要的心,结果是"非徒无益,而又害之";一是给了个"无所有",本应在儿女的生活中给充实些什么,可是并没有把该给充实的付与儿女。

自家反省,非意识地走的是后一条路。虽然也像一般父亲一样,被一家人用作镇压孩子的偶像,在没法对付时,就"爹爹,你看某某!"这样喊出来;有时被引动了感情,骂一顿甚至打一顿的事也有。但是收场往往像两个孩子争闹似的,说着"你不那样,我也就不这样"的话,其意若曰彼此再别说这些,重复和好了吧。这中间积极的教训之类是没有的。

不自命为"名父"的,大多走与我同样的路。

自家就没有什么把握,一切都在学习试验之中,怎么能给后一代人预先把立身处世的道理规定好了教给他们呢?

学校,我想也不是与儿女有什么了不起的关系的。学习一些符号,懂得一些常识,结交若干朋友,度过若干岁月,如是而已。

以前曾经担过忧虑,因为自家是小学教员出身,知道小学的情形比较清楚,以为像个模样的小学太少了,儿女达到入学年龄的时候将无处可送。现在儿女三个都进了学校,学校也不见特别好,但我毫不存勉强迁就的意思。

一定要有理想的小学才把儿女送去,这无异看儿女作特别珍贵特别柔弱的花草,所以要保藏在装着暖气管的玻璃花房里。特别珍贵么，除了有些国家的华胄贵族，谁也不肯对儿女作这样的夸大口吻。特别柔弱么，那又是心所不甘，要抵挡得风雨，经历得霜雪，这才可喜。——我现在作这样想，自笑以前的忧虑殊属无谓。

何况世间为生活所限制，连小学都不得进的也多得很，他们一样要挺直身躯立定脚跟做人。学校好坏于人究竟有何等程度的关系呢？——这样想时，以前的忧虑尤见得我的浅陋了。

我这方面既然给了个"无所有"，学校方面又没有什么了不起的关系，这就拦到了角落里，儿女的生长只有在环境的限制之内，凭他们自己的心思能力去应付一切。这里所谓环境，包括他们所有遭值的事和人物，一饮一啄，一猫一狗，父母教师，街市田野，都在里头。

做父亲的真欲帮助儿女仅有一途，就是诱导他们。让他们锻炼这种心思能力。若去请教专门的教育者，当然，他将说出许多微妙的理论，但是要义大致也不外乎此。

可是，怎样诱导呢？我就茫然了。虽然知道应该往哪一方向走，但是没有往前走的实力，只得站在这里，搓着空空的一双手，与不曾知道方向的并无两样。我很明白，对儿女最抱歉的就是这一点，将来送不送他们进大学倒没有多大关系。因为适宜的诱导是在他们生命的机械里加添燃料，而送进大学仅是给他们文凭、地位，以便剥削他人而已。（有人说振兴大学教育可以救国，不知如何，我总不甚相信，却往往想到这样不体面的结论上去。）

他们应付环境不得其当甚至应付不了的时候,一定会怅然自失,心里想,如果父亲早给点儿帮助,或者不至于这样无所措吧。这种归咎,我不想躲避,也没法躲避。

对于儿女也有我的希望。

一句话而已,希望他们胜似我。

所谓人间所谓社会虽然很广漠,总直觉地希望它有进步。而人是构成人间社会的。如果后代无异前代,那就是站在老地方没有前进,徒然送去了一代的时光,已属不妙。或者更甚一点,竟然"一代不如一代",试问人间社会经得起几回这样的七折八扣呢!凭这么想,我希望儿女必须胜似我。

爬上西湖葛岭那样的山就会气喘,提十斤左右重的东西走一两里路胳膊就会酸好几天,我这种身体是完全不行的。我希望他们有强壮的身体。

人家问一句话一时会答不上来,事务当前会十分茫然,不知怎样处置或判断,我这种心灵是完全不行的。我希望他们有明澈的心灵。

说到职业,现在干的是笔墨的事,要说那干系之大,当然可以戴上文化或教育的高帽子,于是仿佛觉得并非无聊。但是能够像工人农人一样,拿出一件供人家切实应用的东西来么?没有!自家却使用了人家生产的切实应用的东西,岂非也成了可羞的剥削阶级?文化或教育的高帽子只能掩饰丑脸,聊自解嘲而已,别无意义。这样想时,更菲薄自己，达于极点。我希望他们与我不一样：至少要能够站在人前宣告道，"凭我们的劳力，产生了切实应用的东西，这里就是！"其时手里拿的是布匹米麦之类；即使他们中间有一个成为玄学家，也希望他同时铸成一些齿轮或螺丝钉。

1930年11月作

（原载1931年1月1日《妇女杂志》第17卷第1号）

薪工

我记得第一次收受薪水时的心情。

校长先生把解开的纸包授给我,说:"这里是先生的薪水,二十块,请点一点。"

我接在手里,重重的。白亮的银片连成的一段,似乎很长,仿佛一时间难以数清片数。这该是我收受的吗?我收受这许多不太僭越吗?这样的疑问并不清楚地意识着,只是一种模糊的感觉通过我的全身,使我无所措地瞪视手里的银元,又抬起眼来瞪视校长先生的毫无感情的瘦脸。

收受薪水就等于收受于此相当的享受。在以前,我的享受全是父亲给的;但是从这一刻起,我自己取得若干的享受了。这是生活上的一个转变。我又仿佛不能自信:以偶然的机缘,便遇到这个转变,不要是梦幻吧?

此后我幸未失业,每月收到薪水,习以为常,所以若无其事,拿到手就放进袋里。衣食住行一切都靠此享受到了,当然不复疑心是梦幻。可是在头脑空闲一点儿的时候，如果想到这方面去，仍不免有僭越之感。一切的享受都货真价实，是大众给我的，而我给大众的也能货真价实，不同于肥皂泡儿吗？这是很难断言的。

阅世渐深，我知道薪工阶级的被剥削确是实情，只要具有明澈的眼睛的人就看得透，这并不是什么深奥的学理。薪工阶级为自己的权利而抗争，也是理所当然。但是，如果用怠工等拆烂污的办法来抗争，我以为是薪工阶级的缺德。一个人工作着工作着，广义地说，便是把自己的一份心力贡献给大众。你可以维护自己的权利，可以反抗不当的剥削，可是你不应该吝惜你自己的一份心力，让大众间接受到不利的影响。

在收受薪水的时候，固然不妨考量是不是收受得太少；而在从事工作的时候，却应该自问是不是贡献得欠多。我想，这可以作为薪工阶级的座右铭。我这么说，并不是替不劳而获的那些人保障利益。从薪工阶级的立场说起来，不劳而获的那些人是该彻底地被消灭的。他们消灭之后，大家还是薪工阶级，而贡献心力也还是务期尽量的。

（原载1934年6月1日《中学生》第46号）

过去随谈

一

在中学校毕业是辛亥那一年。并不曾作升学的想头；理由很简单，因为家里没有供我升学的钱。那时的中学毕业生当然也有"出路问题"；不过像现在的社会评论家杂志编辑者那时还不多，所以没有现在这样闹闹嚷嚷的。偶然的机缘，我就当了初等小学的教员，与二年级的小学生作伴。钻营请托的况味没有尝过，照通常说，这是幸运。在以后的朋友中间有这么一位，因在学校毕了业将与所谓社会面对面，路途太多，何去何从，引起了甚深的怅惘；有一回偶游园林，看见澄清如镜的池塘，忽然心酸起来，强烈地萌生着就此跳下去完事的欲望。这样伤感的青年心情我可没有，小学教员是值得当的，我何妨当当：从实际说，这又是幸运。

小学教员一连当了十年，换过两次学校，在后面的两所学校里，都当高等班的级任；但也兼过半年幼稚班的课——幼稚班者，还够不上初等一年级，而又不像幼稚园儿童那样地被训练的，是学校里一个马马虎虎的班次。职业的兴趣是越到后来越好；因为后来几年中听到一些外来的教育理论和方法，自家也零零星星悟到一点儿，就拿来施行，而同事又是几位熟朋友的缘故。当时对于一般不知振作的同业颇有点儿看不起，以为他们德性上有污点，倘若大家能去掉污点，教育界一定会大放光彩的。

民国十年暑假后开始教中学生。那被邀请的理由有点儿滑稽。我曾经写些短篇小说刊载在杂志上。人家以为能写小说就是善于作文，善于作文当然也能教国文，于是我仿佛是颇为适宜的国文教师了。这情形到现在仍然不变，写过一些小说之类的往往被聘为国文教师，两者之间的距离似乎还不曾有人切实注意过。至于我舍小学而就中学的缘故，那是不言而喻的。

直到今年，曾经在五所中学三所大学当教员，教的都是国文；这一半是兼职，正业是书局编辑，连续七年有余了。大学教员我是不敢当的；我知道自己怎样没有学问，我知道大学教员应该怎样教他的科目，两相比并，我的不敢是真情。人家却说了："现在的大学，名而已！你何必拘拘？"我想这固然不错；但是从"尽其在我"的意义着想，不能因大学不像大学，我就不妨去当不像大学教员的大学教员。所惜守志不严，牵于友情，竟尔破戒。今年在某大学教"历代文选"，劳动节的下一天，接到用红铅笔署名"L"的警告信，大意说我教的那些古旧文篇，徒然助长反动势力，于学者全无益处，请即自动辞职，免讨没趣云云。我看了颇愤愤：若说我没有学问，我承认；说我助长反动势力，我恨反动势力恐怕比这位L先生更真切些呢；倘若认为教古旧文篇就是助长反动势力的实证，不必问对于文篇的态度如何，那么他该叫学校当局变更课程，不该怪到我。后来知道这是学校波澜的一个弧痕，同系的教员都接到L先生的警告信，措辞比给我的信更严重，我才像看到丑角的丑脸那样笑了。从此辞去不教；愿以后谨守所志，"直到永远"。

自知就所有的一些常识以及好嬉肯动的少年心情，当个小学或初中的教员大概还适宜。这自然是不往根柢里想去的说法；如往根柢里想去，教育对于社会的真实意义（不是世俗认为的那些意义）是什么，与教育相关的基本科学内容是怎样，从事教育技术上的训练该有哪些项目，关于这些，我就与大多数教员一样，知道得太少了。

二

作小说的兴趣可以说因中学时代读华盛顿·欧文的《见闻录》引起的。那种诗味的描写，谐趣的风格，似乎不曾在读过的一些中国文学里接触过；因此我想，作文要如此才佳妙呢。开头作小说记得是民国三年；投寄给小说周刊《礼拜六》，登出来了，就继续作了好多篇。到后来，"礼拜六派"是文学界中一个卑污的名称，无异"海派""黑幕派"等等。我当时的小说多写平凡的人生故事，同后来相仿佛，浅薄诚然有之，如何恶劣却不见得，虽然用的工具是文言，还不免贪懒用一些成语典故。作了一年多就停笔了,直到民国九年才又动手。是颉刚君提示的,他说在北京的朋友将办一种杂志,写一篇小说付去吧。从此每年写成几篇,一直不曾间断;只有今年是例外,眼前是十月将尽了,还不曾写过一篇呢。

预先布局,成后修饰,这一类ABC里所诏示的项目,总算尽可能的力实做的。可是不行;写小说的基本要项在乎有一双透彻观世的眼睛,而我的眼睛够不上;所以人家问我哪一篇最惬心时,我简直不能回答。为要写小说而训练自己的眼睛固可不必;但眼睛的训练实在是生活的补剂,因此我愿意对这方面致力。如果致力而有进益,由进益而能写出些比较可观的文篇,自是我的欢喜。

为什么近来渐渐少写,到今年连一篇也没有写呢?有一个浅近的比喻,想来倒很确切的。一个人新买一具照相机,不离手的对光,扳机,卷干片,一会儿一打干片完了,就装进一打,重又对光,扳机,卷干片。那时候什么对象都是很好的摄影题材:小妹妹靠在窗沿憨笑,这有天真之趣,照它一张;老母亲捧着水烟袋抽吸,这有古朴之致,照它一张;出外游览,遇到高树、流水、农夫、牧童,颇浓的感兴立刻涌起,当然不肯放过,也就逐一照它一张,洗出来时果能成一张像样的照相与否似乎不关紧要,最热心的是"搭"的一扳——面前是一个对象,对着它"搭"的扳了,这就很满足了。但是,到后来却有相度了一番终于收起镜箱来的时候。爱惜干片么?也可以说是,然而不是。只因希求于照相的条件比以前多了,意味要深长,构图要适宜,明暗要美妙,还有其他等等,相度下来如果不能应合这些条件,宁可收起镜箱了事;这时候,徒然一扳被视为无意义了。我从前多写只是热心于一扳,现在却到了动辄收起镜箱的境界,是自然的历程。

三

《中学生》主干曾嘱我说些自己修习的经历,如如何读书之类。我很惭愧,自计到今为止,没有像模像样读过书,只因机缘与嗜好,随时取一些书来看罢了。读书既没有系统,自家又并无分析和综合的识力,不能从书的方面多得到什么是显然的。外国文字呢?日文曾经读过葛祖兰氏的《自修读本》两册,但是像劣等学生一样,现在都还给老师了。至于英文,中学时代读得不算浅,读本是文学名著,文法读到纳司非尔的第四册呢;然而结果是半通不通,到今看电影字幕还不能完全明白。(我觉得读英文而结果如此的实在太多了。多少的精神和时间,终于不能完全看明白电影字幕!正在教英文读英文的可以反省一下了。)不去彻底修习,达到全通真通,当然是自家的不是;可是学校对于学生修习各项科目都应定一个毕业的最低限度,一味胡教而不问学生果否达到了最低限度,这不能不怪到学校了。外国文字这一工具既然不能使用,要接触些外国的东西只好看看译品,这就与专待喂养的婴孩同样可怜,人家不翻译,你就没法想。说到译品,等类颇多。有些是译者实力不充而硬欲翻译的,弄来满盘都错,使人怀疑外国人的思想话语为什么会这样奇怪不依规矩。有些据说为欲忠实,不肯稍事变更原文语法上的结构,就成为中国文字写的外国文。这类译品若请专读线装书的先生们去看,一定回答"字是个个识得的,但是不懂得这些字凑合在一起说些什么"。我总算能够硬看下去,而且大致有点儿懂,这不能不归功于读过两种读如未读的外国文。最近看到东华君译的《文学之社会学的批评》,清楚流畅,义无隐晦,以为译品像这个样子,庶几便于读者。声明一句,我不是说这本书就是翻译的模范作;我没有这样狂妄,会自认有评判译品高下的能力。

说起读书,十年来颇看到一些人,开口闭口总是读书,"我只想好好儿念一些书""某地方一个图书馆都没有,我简直过不下去""什么事都不管,只要有书读,我就满足了",这一类话时时送到我的耳边;我起初肃然起敬,既而却未免生厌。那种为读书而读书的虚矫,那种认别的什么都不屑一做的傲慢,简直自封为人间的特殊阶级,同时给与旁人一种压迫,仿佛唯有他们是人间的智慧的笃爱者。读书只是至为平常的事而已,犹如吃饭睡觉,何必作为一种口号,唯恐不遑地到处宣传。况且所以要读书,从哲学以至于动植矿,就广义说,无非要改进人间的生活。光是"读"决非终极的目的。而那些"读书"、"读书"的先生们似乎以为光是"读"最了不起,生活云云不在范围以内:这也引起我的反感。我颇想标榜"读书非究竟义谛主义"——当然只是想想罢了,宣言之类并未写过。或者有懂得心理分析的人能够说明我之所以有这种反感,由于自家的头脑太俭了，对于书太疏阔了，因此引起了嫉妒，而怎样怎样的理由是非意识地文饰那嫉妒的丑脸的。如果被判定如此，我也不想辩解，总之我确然曾有这样的反感。至于那些将读书作口号的先生们是否真个读书，我不得而知；可是有一层，从其中若干人的现况上看，我的直觉的批评成为客观的真实了。他们果然相信自己是人间智慧的宝库，无所不知，无所不能，得便时抛开了为读书而读书的招牌，就不妨包办一切；他们俨然承认自己是人间的特殊阶级，虽在极微细的一谈一笑之顷，总要表示外国人提出来的"高等华人"的态度。读书的口号，包办一切，"高等华人"，这其间仿佛有互相纠缠的关系似的。

四

我与妻结婚是由人家作媒的，结婚以前没有会过面，也不曾通过信。结婚以后两情颇投合，那时大家当教员，分散在两地。一来一往的信在半途中碰头，写信等信成为盘踞心窝的两件大事。到现在十四年了，依然很爱好。对方怎样的好是彼此都说不出的，只觉很合适，更合适的情形不能想象，如是而已。

这样打彩票式的结婚当然很危险的，我与妻能够爱好也只是偶然；迷信一点儿说，全凭西湖白云庵那位月下老人。但是我得到一种便宜，不曾为求偶而眠思梦想，神魂颠倒；不曾沉溺于恋爱里头，备尝甜酸苦辣各种滋味。图得这种便宜而去冒打彩票式的结婚的险，值得不值得固难断言；至少，青年期的许多心力和时间是挪移了过来，可以去对付别的事了。

　　现在一般人不愿冒打彩票式的结婚的险是显然的，先恋爱后结婚成为普遍的信念。我不菲薄这种信念，它的流行也有所谓"必然"。我只想说那些恋爱至上主义者，他们得意时谈心，写信，作诗，看电影，游名胜，失意时伤心，流泪，作诗（充满了惊叹号），说人间最不幸的只有他们，甚至想投黄浦江；像这样把整个生命交给恋爱，未免可议。这种恋爱只配资本家的公子"名门"的小姐去玩的。他们享用的是他们的父亲祖先剥削得来的钱，他们在社会上的地位在未入母腹时早就安排停当，他们看世界非常太平，没有一点儿问题；闲暇到这样地步却也有点儿难受，他们于是就恋爱这个题目，弄出一些悲欢哀乐来，总算在他们空白的生活录上写下了几行。如果不是闲暇到这样的青年男女也想学步，那唯有障碍自己的进路，减损自己的力量而已。

　　人类不灭，恋爱也永存。但是恋爱各色各样。像公子小姐们玩的恋爱，让它"没落"吧！

1930年10月29日作

（原载1931年1月1日《中学生》第11号）

我坐了木船

从重庆到汉口，我坐了木船。

木船危险，当然知道。一路上数不尽的滩，礁石随处都是。要出事，随时可以出。还有盗匪——实在是最可怜的同胞，他们种地没得吃，有力气没处出卖，当了兵经常饿肚子，没奈何只好出此下策。假如遇见了，把铺盖或者身上衣服带了去，也是异常难处的事儿。

但是，回转来想，从前没有轮船，没有飞机，历来走川江的人都坐木船。就是如今，上上下下的还有许多人在那里坐木船，如果统计起来，人数该比坐轮船坐飞机的多得多。人家可以坐，我就不能坐吗？我又不比人家高贵。至于危险，不考虑也罢。轮船飞机就不危险吗？安步当车似乎最稳妥了，可是人家屋檐边也可能掉下一片瓦来。要绝对避免危险就莫要做人。

要坐轮船坐飞机，自然也有办法。只要往各方去请托，找关系，或者干脆买张黑票。先说黑票，且不谈付出超过定额的钱，力有不及，心有不甘，单单一个"黑"字，就叫你不愿领教。"黑"字表示作弊，表示越出常轨，你买黑票，无异帮同作弊，赞助越出常轨。一个人既不能独个儿转移风气，也该在消极方面有所自守，帮同作弊，赞助越出常轨的事儿，总可以免了吧。——这自然是书生之见，不值通达的人一笑。

再说请托找关系，听人家说他们的经验，简直与谋差使一样的麻烦。在传达室恭候，在会客室恭候，幸而见了那要见的人，他听说你要设法买船票或飞机票，爱理不理地答复你说："困难呢……下个星期再来打听吧……"于是你觉着好像有一线希望，又好像毫无把握，只得挨到下个星期再去。跑了不知多少回，总算有眉目了，又得往这一处签字，那一处盖章，看种种的脸色，候种种的传唤，为的是得一份充分的证据，可以去换一张票子。票子到手，身份可改变了，什么机关的部署，什么长的秘书，什么人的本人或是父亲，或者姓名仍旧，或者必须改名换姓，总之要与你自己暂时脱离关系。最有味的是冒充什么部的士兵，非但改名换姓，还要穿上灰布棉军服，腰间束一条皮带。我听了这些，就死了请托找关系的念头。即使饿得要死，也不定要去奉承颜色谋差使，为了一张票子去求教人家，不说我自己犯不着，人家也太费心了。重庆的路又那么难走，公共汽车站排队往往等上一个半个钟头，天天为了票子去奔跑实在吃不消。再说与自己暂时脱离关系，换上别人的身份，虽然人家不大爱惜名器，我可不愿滥用那些名器。我不是部属，不是秘书，不是某人，不是某人的父亲，我是我。我毫无成就，样样不长进，我可不愿与任何人易地而处，无论长期或是暂时。为了跑一趟路，必须易地而处，在我总觉得像被剥夺了什么似的。至于穿灰布棉军服更为难了，为了跑一趟路才穿上那套衣服，岂不亵渎了那套衣服？亵渎的人固然不少，我可总觉不忍。——这一套又是书生之见。

抱着书生之见，我决定坐木船。木船比不上轮船，更比不上飞机，千真万确。可是绝对不用请托，绝对不用找关系，也无所谓黑票。你要船，找运输行，或者自己到码头上去找。找着了，言明价钱，多少钱坐到汉口，每一块钱花得明明白白。在这一点上，我觉得木船好极了，我可以不说一句讨情的话，不看一副难看的嘴脸，堂堂正正凭我的身份东归。这是大多数坐轮船坐飞机的朋友办不到的，我可有这种骄傲。

决定了之后，有两位朋友特地来劝阻，一位从李家沱，一位从柏溪，不怕水程跋涉，为的是关爱我，瞧得起我。他们说了种种理由，设想了种种可能的障碍，结末说，还是再考虑一下的好。我真感激他们，当然不敢说不必再考虑，只好带玩笑的说"吉人天相"，安慰他们的激动的心情。现在，他们接到我平安到达的消息了，他们也真的安慰了。

1946年3月28日作

（原载1946年4月7日《消息半周刊》第1期）

我和儿童文学

先说我是怎么写起童话来的。

我的第一本童话集《稻草人》的第一篇是《小白船》，写于一九二一年十一月十五日，我写童话就是从这一天开始的。接着在十六日、十七日写了《傻子》和《燕子》；隔了两天，在二十日又写了《一粒种子》。不到一个星期写了四篇童话，我自己也不敢相信了。这种情形不止一次，那一年十二月二十五日到三十日，也是六天，写了《地球》《芳儿的梦》《新的表》《梧桐子》《大喉咙》，一共五篇。一九二一年冬季，正是我和朱佩弦（自清）先生在杭州浙江第一师范日夕相处的日子，两个人在一间卧室里休息，在一间休憩室里备课，闲谈，改本子，写东西。可能因为兴致高，下笔就快些。朱先生有一篇散文记下了那些值得怀念的日子，中间提到我写童话的情形，说我构思和下笔都很敏捷。我自己可完全记不起来了，好像从来不曾这样敏捷过。

我写童话，当然是受了西方的影响。"五四"前后，格林、安徒生、王尔德的童话陆续介绍过来了。我是个小学教员，对这种适宜给儿童阅读的文学形式当然会注意，于是有了自己来试一试的想头。还有个促使我试一试的人，就是郑振铎先生，他主编《儿童世界》，要我供给稿子。《儿童世界》每个星期出一期，他拉稿拉得勤，我也就写得勤了。

这股写童话的劲头只持续了半年多，到第二年六月写完了那篇《稻草人》为止。为什么停下来了，现在说不出，恐怕当时也未必说得出。会不会因为郑先生不编《儿童世界》了？有这个可能，要查史料才能肯定。从《小白船》到《稻草人》，一共二十三篇童话编成一本集子，就用《稻草人》作书名，在一九二三年十一月出版，列入《文学研究会丛书》，因为我是文学研究会的会员。

《稻草人》这本集子中的二十三篇童话，前后不大一致，当时自己并不觉得，只在有点儿什么感触，认为可以写成童话的时候，就把它写了出来。我只管这样一篇接一篇地写，有的朋友却来提醒我了，说我一连有好些篇，写的都是实际的社会生活，越来越不像童话了。那么凄凄惨惨的，离开美丽的童话境界太远了。经朋友一说，我自己也觉察到了。但是有什么办法呢？生活在那个时代。我感受到的就是这些嘛。所以编成集子的时候，我还是把《稻草人》这个篇名作为集子的名称。

在以后这三年里，我只写了六篇童话，我记不得了，是一位年轻朋友查到了告诉我的。一九二五年的五卅运动把我的注意力引到了别的方面，直到大革命失败以后，我才写了一篇《冥世别》。当时，无数革命青年被屠杀了，有些名流竟然为屠夫辩护，说这些青年是受人利用，做了别人的工具，因而罪有应得。我想让这些受屈的青年出来申辩几句。可是他们已经死了，怎么办呢？于是想到用童话的形式，让他们在阴间向阎王表白。这篇童话不是写给孩子们看的，所以后来没有编进童话集。我在这里提一下，是想说明有些童话可能不属于儿童文学。给文学形式分类下定义本来是研究者的事。写的人可以不必管它。

一九二九年秋天，我写了《古代英雄的石像》。这篇童话引起好些误解，许多人来信问我，这个石像是不是影射某某某。我并无这个意思，只是说就石头来说。铺在路上让大家走，比作一个偶像，代表一个实际上并不存在的英雄有意义得多。后来续安徒生的童话，作《皇帝的新衣》，我也并不是用这个皇帝影射某某某。一九三一年六月，我的第二本童话集《古代英雄的石像》出版，一共收了这两年间写的九篇童话。写得少的缘故，大约是做了许多年编辑工作，养成了不敢随便下笔的习惯。

直到一九五六年，中国少年儿童出版社要我选自己的童话若干篇，编成一本集子。他们说，这些童话虽然是新中国成立前写的，让现在的孩子们看看，知道一些旧社会的情形，也有好处。我同意了，选了十篇，编成了《叶圣陶童话选》。这十篇中，《一粒种子》《画眉》《稻草人》是一九二一年到一九二二年写的，可以代表一个阶段；《聪明的野牛》是一九二四年写的，不曾收进童话集；《古代英雄的石像》《皇帝的新衣》《含羞草》《蚕和蚂蚁》是一九三一年到一九三三年写的，可以代表另一个阶段；最后两篇是一九三六年年初写的《鸟言兽语》和《火车头的经历》（在这两篇之后，就没有写过童话了）。我把这十篇童话的文字重新整理一遍，因为这是给孩子们阅读的，不敢怠慢，总想做到通畅明白，念起来顺口，听起来顺耳。

打倒"四人帮"之后，中国少年儿童出版社打算重排《叶圣陶童话选》，要我增选几篇。我答应了，从第一本集子《稻草人》中选出《玫瑰和金鱼》《快乐的人》《跛乞丐》三篇，从第二本集子《古代英雄的石像》中选出《书的夜话》和《熊夫人幼稚园》两篇，都经过重新整理，加了进去。为了区别于以前的版本，把书名改成《〈稻草人〉和其他童话》，在去年八月出版。

这几本童话集的插图，我都很喜欢。《稻草人》是许敦谷先生的钢笔画，《古代英雄的石像》是丰子恺先生的毛笔画，《叶圣陶童话选》是黄永玉先生的木刻。丰子恺先生和黄永玉先生是国内国外都知名的画家，许敦谷先生比他们早，现在知道他的人不多了。在二十年代，许先生为儿童读物画过不少插图，似乎到了三十年代，就看不到他的新作了。好的插图不拘泥于文字内容，而能对文字内容起画龙点睛的作用，许先生画的就有这个长处，因而比较耐看。他的线条活泼准确，好像每一笔下去早就心中有数似的，足见他素描的基本功是很深的。丰先生和黄先生的插图，功力也很到家。对儿童文学来说，插图极其重要，是值得研究的一个方面。

除了童话，我写过两本童话歌剧，一本叫《蜜蜂》，一本叫《风浪》，都请人配了谱，在二十年代出版过。可是内容是什么，我完全记不起了，想找来看看，托了好几个人，至今还没有找到。此外还写过一些儿童诗歌，大多刊登在早期的《儿童世界》，有的也配了谱。

在儿童文学方面，我还做过一件比较大的工作。在一九三二年，我花了整整一年时间，编写了一部《开明小学国语课本》，初小八册，高小四册，一共十二册，四百来篇课文。这四百来篇课文，形式和内容都很庞杂，大约有一半可以说是创作，另外一半是有所依据的再创作，总之没有一篇是现成的，是抄来的。给孩子们编写语文课本，当然要着眼于培养他们的阅读能力和写作能力，因而教材必须符合语言训练的规律和程序。但是这还不够。小学生既是儿童，他们的语文课本必得是儿童文学，才能引起他们的兴趣，使他们乐于阅读，从而发展他们多方面的智慧。当时我编写这一部国语课本，就是这样想的。在这里提出来，希望能引起有关同志的注意。

新中国成立以后，我只给儿童写过几首短诗，几篇散文，刊登在哪儿，也记不清了。总是忙。"四人帮"横行的那些年倒是闲了，可是哪有心情写什么东西呢？现在精力不济了，而且又忙了起来，许多事情还必须赶紧去做。儿童文学的园地不久也会万紫千红的，我正在拭目以待，做个鼓掌喝彩的人。

1980年1月17日作

生命和小皮箱

空袭警报传来的时候,许多人匆匆忙忙跑到避难室防空壕里去。其中有些人,手里提着一只小皮箱。小皮箱里盛的什么?不问可知是金银财物证券契据之类,总之是值钱的东西,可以活命的东西。生命保全了,要是可以活命的东西保不住,还是不得活命。带在身边,那就生命和可以活命的东西"两全"了。这样想法原是人情之常,无可非议。

我现在想猜度各人对生命和小皮箱的观念。

也许作这样想吧:——既已有了生命,别的且不管,生命总得保住,直到事实上再也不能保住的一瞬间。敌人的轰炸机来了,当前有避难室防空壕,当然要躲到里头去,因为这是保住生命唯一的办法。待听到了一声拖得很长的解除警报,走出避难室防空壕一看,假如满眼是坍毁了的房屋,翻了身的田园,七零八落的肢体,不免点头自慰,生命过了一道难关了。其时看看手里的小皮箱,好好的,没有裂开一道缝,更不免暗自庆幸。有这个小皮箱在,那么一个地下室毁了还有别的地下室,一个防空壕炸了还有别的防空壕,敌人炸到东边,自己可以逃到西边,旅馆总有的住,馆子里的饭菜总有的吃。有的住又有的吃,不是生命仍然可以保住吗?

也许作这样想吧:——自己的生命是与别人的生命有关联的,自己的小皮箱是与别人的小皮箱"休戚相共"的。仅仅想保住自己的生命,生命难保;仅仅想依靠自己的小皮箱,小皮箱毫无用处。因此,要保住生命就得推广开来保住"四万万同胞"的生命,要依靠小皮箱就得推广开来依靠整个中华国土这个其大无比的小皮箱。(整个中华国土不是我们的小皮箱吗?)敌人的轰炸机来了,当前有避难室防空壕,自然要往里头躲,血肉之躯拼不过炸弹,这是常识。手头有个小皮箱,自然不妨提着走,化为灰屑究竟是可惜的。但是在听到一声拖得很长的解除警报之后,见到自己的生命和小皮箱都还存在,并不觉得有什么可以安慰庆幸之处,只觉得一种责任感压在心头,非立刻再去操心思,流血汗,干那保住大众的生命,守护其大无比的小皮箱的工作不可。

我只能猜度,不能发掘人家的心。重庆人口头惯说"要得""要不得",提着小皮箱跑进避难室防空壕的人不妨问问自己:哪一种想头"要得",哪一种"要不得"?还不妨问问自己:自己的想头属于哪一种?

(原载1938年2月26日重庆《新民报》)

"瓶子观点"

一个空瓶子，里边没有东西。把什么东西装进去，就不是空瓶子了。装得满满的，就是实瓶子了。

不知道从什么时候起，我们爱把受教育的人看成瓶子。瓶子里短少些什么，就给装进些什么。譬如，发觉思想政治教育不够好，立刻想到恢复政治课，发觉学生的劳动观点不怎么强，他们不怎么热爱劳动，立刻想到在语文课里补充些"劳动教材"（有关劳动模范、先进生产者之类的文章）。这样做法，目的很明显，愿望很单纯。把政治课装进瓶子，思想政治教育就见成效了，把"劳动教材"装进瓶子，学生就加强劳动观点，热爱劳动了。

仔细想想，恐怕并不是这么一回事。

说唯有政治课能收思想政治教育的成效，言外之意就是其他学科跟思想政治教育不大发生关系，至少收不到什么成效。依我的想法，其他学科跟思想政治教育都有关系，只要教得好，都能收思想政治教育的成效。不着眼在其他学科上，光把希望寄托在政治课，政治课也

"瓶子观点"

会像其他学科一样,收不到思想政治教育的成效。

认为多读几篇"劳动教材"就可以加强劳动观点,热爱劳动,倒过来说,不就是学生所以不爱劳动,在乎少读了几篇"劳动教材"吗?天下事有简单到这般地步的吗?依我的想法,读几篇"劳动教材"固然没有害处,可是也起不了多大作用。我相信这是习惯的问题,是生活实践的问题。学生劳动的习惯,应该而且可能在各学科的学习中养成,在课外的各种活动中养成,逐渐养成,不断实践,这才能够终身以之。

正因为把学生看成瓶子,"装进些什么"的想头不召而自来。怎么"装"?一方面讲一讲,一方面听一听,在一讲一听之间,东西就装进了瓶子。东西既然装进了瓶子,瓶子里既然装进了东西,不是立刻会起作用吗?这诚然是个好意的愿望,可惜这样的愿望不免要落空。

瓶子是装东西的,当然不会独立思考。我们且不要责备学生不怎么善于独立思考,先得反省反省,我们的"瓶子观点"是不是学生不怎么善于独立思考的原因之一。

瓶子是装东西的,东西装在瓶子里,东西自东西,瓶子自瓶子,不起什么混合作用或是化合作用。两种作用都不起,还有什么旁的作用呢?于是巴望起作用的愿望落空。

我们有个好传统,求知识做学问要讲"躬行实践",要讲"有诸己"。知识学问不是装饰品,为了充实生活,为了做社会里一个有意义的人，为了社会的进步和发展，所以我们要求知识做学问。小学生中学生学的东西虽然浅，道理也一样。因此，什么东西都不能装了进去就算，装了进去考试能得五分也未必就好，必须使所学的东西融化在学生的思想、感情、行动里，学生的思想、感情、行动确实受到所学的东西的影响，才算真正有了成效。这不是"装"的办法所能做到的，这必须用名副其实的教育。讲一讲，听一听，固然也有必要，可是一讲一听不就等于教育。运用种种方法，使学生能够把所学的东西化为自身的东西（这就是"有诸己"），能够"躬行实践"，才是名副其实的教育。

我们现在有"学以致用""联系实际"的说法，就是从我们的好传统来的。"瓶子观点"跟这些说法不对头，换句话说，名副其实的教育不是这么一回事，可是"瓶子观点"时时露脸，很活跃似的。不免杞忧，于是写这篇短文。

1957年5月24日作

苍蝇

住在这里里,第一件不如意的事要数苍蝇的纷扰了。晨光才露,我们还没有起来,就听见昏昏的嚷嚷之声。等到一开门,又扑头扑面地飞进许多新客,它们与隔宿留在这里的旧客合伙,于是嚷嚷之声使你心烦意乱,不知如何是好。

市上的苍蝇拍脆弱得可怜,用不到两三天便纱穿柄脱,只剩三四分的效用了。妻不愿意再买,自己去买了一方铁纱,手制成三个苍蝇拍;那铁纱颇结实,拿着虽觉重一些,而所向必能奏功,那是不待试验的。于是妻一个,母一个,孩子也是一个,捕蝇队居然组织起来了;别的都不管,一心一意只在于拍,拍,拍,差不多半天工夫才停手。地上的蝇尸足有一酒杯的容积,若在夸耀武功的人,这也足以"取其鲸鲵而封之,以为京观"了。又把吃饭的桌子储菜的橱子以及地板都用水冲过抹过,以免招引未来的新客。这时候耳根特别清静,脸上手上也没有刺得痒痒的感觉,大家很安适。

但是,我家没有富翁准富翁家里所有的铁纱门窗。出进是不得不开门的,为要透气,窗又不得不开着;不多一会儿工夫,不招自至的新客又从门外窗外飞进来了。起初只略见几个在眼前掠过,继而就成轻微的营营,终于是不可堪的骚扰了。

于是捕蝇队继续努力,不休不歇,只是拍,拍,拍。

这样经过了三五天,妻觉得无聊了;几个人什么也不做,却一天到晚不得空,只是拿着这劳什子拍,拍,拍,算个什么呢!她提议改用捕蝇纸,以为这是以逸待劳,而且或许可以一网打尽的办法。那一天我到租界去,就买了几张捕蝇纸回来。

捕蝇纸上确乎粘住不少苍蝇,到处横飞的现象也似乎觉得好些。至于一网打尽,却还远之又远。那些苍蝇不飞到铺着蝇纸的地方去,犹如野兽在没有陷阱的地方逍遥,就奈何它们不得。有些已经走近了那纸的胶质,用口器或前脚轻轻去探一探,就振翅飞去了。看它们那样轻捷的姿态,似乎故意表示警觉与狡狯。捕蝇纸对它们自然是失败了。为补救这等缺点起见,捕蝇队还是不能退伍,还是要常常拿起这劳什子来拍,拍,拍。

这个里在去年还是一片荒地,是粪尿废物的积聚所。苍蝇曾在这一片地上有过一段繁盛的历史,那是可想而知的。自从房屋落成,道路铺好以后,我想去冬未死的老苍蝇定有今昔之感了。幸而还有几个垃圾桶,它们可以在那里长养子孙,绵延族类。里中住户大概是"多一事不如少一事"之流,他们开了桶盖,倒了垃圾,转身就走,桶盖就让它开着。他们家里吃了饭或是瓜果,所有骨壳皮核渣滓之类就随手向门外丢，省却一番洒扫的麻烦。这对于苍蝇实在是无上功德：它们在垃圾桶里闷得慌，桶盖开着，就可以自由自在出来看看广大的世界；它们没有可口的东西吃，无谓游行也未必有趣，骨壳之类遍地，就无往而不写意了。安知那营营的声音里，它们不是在唱"被人类劫夺了的领土，现在光复了"的得胜歌呢。

我们觉得苍蝇可厌，希望它们不要来骚扰我们，根本的办法，自然在于做到这里里没有苍蝇。简单想想，似乎这一点不难办到。凡是苍蝇的发祥地，如垃圾桶之类，都给它倒些杀虫药水；垃圾桶盖每开必关，骨壳之类一定要倒在垃圾桶内，以免游行的苍蝇饱吃和追逐；捕蝇拍和捕蝇纸家家必备，有飞进门来的，总不让它侥幸生还；这样，不消半个月工夫，就可以做到一个苍蝇都没有了——这算得难办的事吗？

怎么能约齐家家户户一起合作呢？这似乎不成问题。我们想起了这办法，就由我们向邻居传说，这是最方便不过简单不过的。除尽了苍蝇，大家舒服，不光是我们一家受到好处，哪会有不赞成的道理？

但是，我们的经验开口了："不然，大不然。你劝他们把垃圾桶盖关了，他们说偏不高兴关，你怎么样？你劝他们不要把骨壳等物丢在路上，他们说偏爱这么丢，你怎么样？你劝他们扑灭苍蝇，买拍子，买灭蝇纸，他们说没有这等闲钱闲工夫，或者爽性回答你一句，他们不怕什么苍蝇，你又怎么样？所以约齐家家户户一起合作，不过是个梦想罢了！"

经验的那种老练的腔调每足使希望的心爽然若失；它这样说，我们的办法不就等于无法吗？"这个里将永远是苍蝇的世界，"我们想，"澄清既无望，还是搬到别处地方，没有苍蝇的地方去住吧。"

但是，这实在是腐败的不道德的思想！我们搬走了，不是就有一家搬来住吗？我们怕苍蝇，所以要搬走，却让给了后一家，难道他们就命该受苍蝇的累吗？譬如吃一样东西，我们尝了一点儿，发现这是含毒的，就吐掉嘴里的，丢掉手里的，自顾自走开了。人家不知道，拣起地上的东西，无心地大嚼起来，结果不是牺牲一命，就是沉疴三月；这不是我们的罪恶吗？所以凡是尝到了毒物，最正当的办法是先把毒物消灭净尽，再进一步，想法制成无毒有益的东西供大家吃；倘若舍此不图，就是腐败，就是不道德！而搬到别处去住的思想正与随手丢掉毒物的情形相仿佛，这怎么能要得！由此类推，住在上海地方的人说上海太污浊，须得离开它；住在中国地方的人说中国太不堪了，须得抛弃它，也同样是腐败的不道德的思想。唯其污浊，唯其不堪，我们一定要住在这里；使它干净，使它像样，是我们最低限度的责任；改造成个灿烂的上海，涌现出个庄严的中国，是我们进一步的努力。到了那个时候，情形又不同了。高兴住的当然住下，想换换空气的就不妨离开，因为与道德不道德的问题没有关系了。

话说开来了，现在回过来：总之，搬到别处去的办法是要不得的。那么，装起铁纱的门窗来，行吗？我们并不主张还淳返朴，现在固然未必装得起，可是确乎希望有一天家家户户装起铁纱门窗来。

然而，即使家家户户装起了铁纱门窗，若不从扑灭苍蝇这方面下手，苍蝇还是要猖狂的；它们进不进我们的居屋，就在路上扑头扑面地飞舞；偶尔闪了进来，就像进了养老院，终身隐居于此了。

至此，我们可以制定一句格言："我们嫌苍蝇讨厌，只有一法，就是扑灭它们。"

而单独扑灭之不能收效，我们的经历已经证明了；所以上面的格言还得修正为以下的说法："我们嫌苍蝇讨厌，只有一法，就是联合邻里共同扑灭它们。"

这真像苏州城外坐马车，绕了一个圈子，仍旧回到原地方了。我们的经验不是已经说过，这是个梦想吗？

不错，我们的经验确曾这么说。但是，一切梦想如能不致发生，发生之后如能马上消散，那自然没有什么；设或不能，梦想在前头诱引着，我们在这里可望而不可即，总是一种莫甚的懊丧。这只有奋力向前，终于跨进梦想的实境，把经验先生的见解修正一下，才能彻底排除这种懊丧。除此之外，再没有丝毫的办法，唯有终于懊丧而已。

所以我们要扑灭苍蝇，想联合邻里通力合作，虽然被经验先生嗤为梦想，我们却只有走这一条路。怀着梦想的既是我们，当然先由我们向邻里们一一传告。这当儿，"偏要这样，不高兴那样"的回声是必然会有的，但这算得了什么！给孩子们吃药，不是总回你个哭脸吗？我们还是凭我们的真诚与理由，锲而不舍地向他们陈诉。总有一天，他们会觉得垃圾桶是非关不可的，骨壳等物是非当心收拾不可的，买蝇拍灭蝇纸并非浪费的开支，拍拍苍蝇并非无聊的消遣；总而言之，他们也觉得苍蝇是必须扑灭的了。于是通力合作，处处注意，不消半个月，苍蝇就可以销声绝迹。于是在这原先苍蝇猖狂的里中，也得享受没有一个苍蝇的欢乐。

这当然是大众的舒服。然而我们的得以享受这舒服，不得不感激邻里们的明达与努力；因为他们是我们仅有的伙伴，如果他们不明达不努力，灭尽苍蝇依然只是我们的梦想。

说了一大堆话，苍蝇还是三三五五在眼前飞舞着。但我们的路是决定了，其要旨如上述，今后就照此做去。

末了想蛇足地说一句：扑灭苍蝇是如此，扑灭类似苍蝇的任何事物，也是如此，唯有去找我们仅有的伙伴，唯有靠着伙伴们的明达与努力。

再蛇足一句：一个人如其不能够扑灭里里的苍蝇，再也不用抱着扑灭类似苍蝇的东西的梦想了——因为无非徒然抱着个梦想而已。

1924年8月29日作

诚实的自己的话

我们试问自己,最爱说的是哪一类的话?这可以立刻回答,我们爱说必要说的与欢喜说的话。我们有时受人家的托付,传述一句话,或者为事势所牵,不得不同人家勉强敷衍几句,固然也一样地能够说,然而兴趣差得远了。语言本是为着要在大群中表白自我,或者要鸣出内心的感兴。顺着这两个倾向的,自然会不容自遏地高兴地说。至于传述与敷衍,既不是表白,又无关感兴,本来不必鼓动唇舌的。本来不必而出以勉强,兴趣当然不同了。

作文与说话本是同一目的,只是所用的工具不同而已。所以在这关于说话的经验里可以得到关于作文的启示。倘若没有什么想要表白,没有什么发生感兴,就不感到必要与欢喜,就不用写什么文字。一定要有所写才动手去写。若不是为着必要与欢喜而勉强去写,这就是一种无聊又无益的事。

勉强写作的事确然是有的。这或由于作者的不自觉,或由于别有利用的心思,并不根据所以要写作的心理的基本。作者受别人的影响，多读了几篇别人的文字，似乎觉得颇欲有所写了，但是写下来却与别人的文字没有两样。至于存着利用的心思的，他一定要写作一些文字才得达某种目的。可是自己没有什么可写，不得不去采取人家的资料。像这样无意的与有意的勉强写作，所犯的弊病是相同的，就是模仿。我这样说，无意而模仿的人固然要出来申辩，说这所写的确然出于必要与欢喜；而有意模仿的人或许也要不承认自己的模仿。但是有一种尺度在这里，用着它，模仿与否将不辩而自明，就是这文字里的表白与感兴是否确实作者自己的。从这衡量就可见二者都只是复制了人家现成的东西，作者自己并不曾拿出什么来。不曾拿出什么来，模仿的讥评当然不能免了。至此，无意而模仿的人就会爽然自失，感到这必要并非真的必要，欢喜其实无可欢喜，又何必定要写作呢？而有意模仿的人想到写作的本意，为葆爱这种工具起见，也将遏抑利用的心思。直到他们确实有自己的表白与感兴才动手去写作。

像那些著述的文字，作者潜心研修，竭尽毕生的精力，获得一种见解，创成一种艺术，然后写下来的，自然是写出自己的东西。但是人间的思想情感往往不甚相悬，现在定要写出自己的东西，似乎他人既已说过的就得避去不说，而要去找人家没有说过的来说。这样，在一般人岂不是可说的话很少了吗？其实写出自己的东西并不是这样讲的；按诸实际，又绝不能像这个样子。我们说话作文，无非使用那些通用的言词；至于质料，也免不了古人与今人这样那样运用过了的，虽然不能说绝没有创新，而也不会全部是创新。但是要注意，我们所以要说这席话，写这篇文，自有我们的内面的根源，并不是完全被动地受了别人的影响，也不是想利用着达到某种不好的目的。这内面的根源就与著述家所获得的见解和创成的艺术有同等的价值。它是独立的，即使表达出来恰巧与别人的雷同，或且有意地采用了别人的东西，都不受模仿的讥评，因为它自有独立性。这正如两人面貌相同性情相同，无碍彼此的独立，或如生物吸收了种种东西营养自己，却无碍自己的独立。所以我们只需自问有没有话要说，不用问这话人家曾否说过。果真确有要说的话，用以作文，就是写出自己的东西了。

更进一步说，人的思想情感诚然不甚相悬，但也绝不会全然一致。先天的遗传，后天的教育，师友的熏染，时代的影响，都是酿成大同中的小异的原因。原因这么繁复，又是参伍错综地来的，就成各人小异的思想情感。那么，所写的东西如果是自己的，只要是自己的，实在很难遇到与人家雷同的情形。试看许多文家一样地吟咏风月，描绘山水，会有不相雷同而各极其妙的文字，就是很显明的例子。原来他们不去依傍别的，只把自己的心去对着风月山水；他们又绝对不肯勉强，必须有所写才写；主观的情思与客观的景物糅和，组织的方式千变万殊，自然每有所作都成独创了。虽然他们所用的大部分也只是通用的言辞，也只是古人与今人这样那样运用过了的，而这些文字的生命是由作者给予的，终究是唯一的独创的东西。

讨究到这里，可以知道写出自己的东西是什么意义了。既然要写出自己的东西，就会连带地要求所写的必须是美好的。假若有所表白，这当是有关于人间事情的，则必须合于事理的真谛，切乎生活的实况；假若有所感兴，这当是不倾吐不舒快的，则必须本于内心的郁积，发乎情性的自然。这种要求可以称为"求诚"。试想假如只知写出自己的东西而不知求诚，将会有什么事情发生？那时候，臆断的表白与浮浅的感兴，因为无由检验，也将杂出于我们笔下而不自觉知。如果终于不觉，徒然多了这番写作，得不到一点效果，已是很可怜悯的。如果随后觉知了，更将引起深深的悔恨，以为背于事理的见解，怎能够表白于人间，贻人以谬误；浮荡无着的偶感，怎值得表现为定形，耗己之劳思呢？人不愿陷于可怜的境地，也不愿事后有什么悔恨，所以总希望自己所写的文字确是美好的。

　　虚伪浮夸玩戏都是与诚字正相反对的。有些人的文字里却犯着虚伪、浮夸、玩戏的弊病。这同前面所说的一样，有无意的，也有有意的。譬如论事，为才力所限，自以为竭尽智能，还是得不到真际，就此写下来，便成为虚伪或浮夸了。又譬如抒情，为素养所拘，自以为很有价值，但其实近于恶趣，就此写下来，便成为玩戏了。这所谓无意的，都因有所蒙蔽，遂犯了弊病。至于有意的，当然也是怀着利用的心思，借以达某种目的。如故意颠倒是非，希望淆惑人家的视听，便趋于虚伪；谀墓献寿，必须彰善颂美，便涉于浮夸；作书牟利，迎合人们的弱点，便流于玩戏。无论无意或有意犯着这些弊病，都是学行上的缺失，生活上的污点。如果他们能想一想是谁作文，作文应当是怎样的，便将汗流被面，无地自容，不愿再负担这种缺失与污点了。

我们从正面与反面看，便可知作文的求诚实含着以下的意思：从原料讲，要是真实的，深厚的，不说那些浮游无着不可征验的话；从态度讲，要是诚恳的，严肃的，不取那些油滑轻薄十分卑鄙的样子。

我们作文，要写出诚实的自己的话。

1924年作